英美文学的语言审美与艺术研究

朱晓萍　著

北京工业大学出版社

图书在版编目（CIP）数据

英美文学的语言审美与艺术研究 / 朱晓萍著．— 北京 ：北京工业大学出版社，2020.4（2021.5 重印）
ISBN 978-7-5639-7391-0

Ⅰ．①英… Ⅱ．①朱… Ⅲ．①英国文学－文学研究 ②文学研究－美国 Ⅳ．① I561.06 ② I712.06

中国版本图书馆 CIP 数据核字（2020）第 078118 号

英美文学的语言审美与艺术研究

著　者：朱晓萍
责任编辑：刘卫珍
封面设计：点墨轩阁
出版发行：北京工业大学出版社
　　　　　（北京市朝阳区平乐园 100 号　邮编：100124）
　　　　　010-67391722（传真）　bgdcbs@sina.com
经销单位：全国各地新华书店
承印单位：三河市明华印务有限公司
开　本：710 毫米 ×1000 毫米　1/16
印　张：8
字　数：160 千字
版　次：2020 年 4 月第 1 版
印　次：2021 年 5 月第 2 次印刷
标准书号：ISBN 978-7-5639-7391-0
定　价：54.00 元

前　言

英美文学作为对全球文学影响最为深远的文学之一，它引领了全球文学的潮流与发展。英美文学语言作为英美文学的重要载体和部分，其审美性和艺术性对英美文学的艺术性有着深刻的影响，那么对英美文学语言的审美和艺术价值进行相关的分析与探究也就变得较为关键了。

对于英美文学而言，其发源和后续的发展充满浓浓的社会性，有着深厚的社会根源，而且发展时间较为漫长。当前的英美文学对全球文化有着深刻的影响，而且其文学内容丰富，文学价值极高。所以对英美文学的语言的审美性和艺术性进行研究，对中国的文学发展有着至关重要的作用。

英美文学作家在其创作过程中经常引用经典，而这已经成为英美文学的重要特征。在文学作品中适当地引入古希腊的神话传说、历史故事以及其他小说故事的相关情节，能够为作者表达观点提供一定的依据，也能够为读者读懂作品提供基础，当然也丰富了文学作品的内容，增加了作品的历史厚重感，使英美文学作品变得有血有肉。因此，英美文学语言引经据典不仅传承了历史故事的思想和意义，也在一定程度上使得英美文学作品的艺术价值得以延展。

本书先后探讨了英美文学的基本概念、英美文学语言艺术、英美文学与语言审美研究、英美文学作品的研究与应用、英美文学作品语言赏析等相关问题。

另外，笔者在撰写本书时参考了国内外同行的许多著作和文献，在此一并向原作者表示衷心的感谢。由于笔者水平有限，书中难免存在不足之处，敬请专家和读者批评、指正。

目　录

第一章 英美文学的基本概念

第一节 大数据背景下英美文学研究

在信息技术高速发展的今天，大数据的出现为英美文学研究提供了新的研究视角，开辟了新的研究领域。笔者拟从大数据对英美文学研究的影响和大数据背景下英美文学研究的措施两个方面进行研究，其目的在于为英美文学研究创造新价值，为相关领域研究提供参考和借鉴。

1936年，梁实秋撰写的《怎样研究英美文学》认为，"所谓研究文学，异于欣赏，绝不是读几部作品之谓。研究文学须要像研究其他学科一样，须要深入，须要有新的发明或理解"。也就是说英美文学研究不应循规蹈矩、踌躇不前，而应与时俱进、不断发展。在这个大数据、云计算充斥的万花筒般的多元化社会，英美文学研究应冲破历史的局限性，跨越地域、种族、文化差异的鸿沟，开辟出新的研究空间。

一、大数据对英美文学研究的影响

大数据是一把双刃剑，它给英美文学研究带来正面影响的同时，也附带着潜在的负面影响。因此，英美文学研究界的学者不能再固封自守，要迎接大数据时代对传统的英美文学研究所带来的冲击，并寻求新的研究对策。

一方面，大数据时代让旧的传统文学研究蒙上了新的面纱，为英美文学研究创造了新的神话。学者们可以轻松地跨越时空，寻求独特的信息。尼葛洛庞蒂说，"大数据时代将消除地理的限制，就好像'超文本'挣脱了印刷篇幅的限制一样。数字化的生活将越来越不需要依赖特定的时间和地点，现在甚至连传送'地点'也开始有了实现的可能。假如我从波士顿起居室的电子窗口（电脑屏幕）一眼望出去，能看到阿尔卑斯山，听到牛铃声，闻到（数字化的）夏日牛粪味儿，那么在某种意义上我几乎已经身在瑞士了"。在大数据时代，英美文学研究者获取信息的渠道也在不断地转变。英美文学经典不再是书本上几行干瘪晦涩的文字，图像加上影像艺术的出现，让文学经典展现了无限的风光，同时也为英美文学的研究者提供了绝无仅有的研究思考空间。此外，文学的研究也不用紧紧地抓住旧的方法、旧的思想不放，可以通过大众传媒这个"超级大的食堂"消费阶段后，逐渐转变研究的方法，转向"开小灶"的方法，丰富英美文学的研究材料。因此，英美文学研究要具有创新性，就必须要借助大数据技术，获取足够的数据。

另一方面，大数据时代的英美文学研究走向了多元化，但是由于网络技术及数据统计的主观性，文学研究在大数据的影响下并非一直处于信息的高度精确化状态，数据的挖掘并没有想象中的那样彻底和全面。因此，在享受大数据带来的便利的同时，也要对其潜在的负面影响提出可行的对策，所以在积极汲取大数据带来的光环效应的同时，也要采取合理的措施来应对其负面影响。

米勒最著名的论断是"在西方，文学只是最近的事情，开始于 17 世纪末、18 世纪初的西欧。它可能会走向终结，但这绝对不会是文明的终结。事实上，如果德里达是对的（而且我相信他是对的），那么，新的电信时代正在通过改变文学存在的前提和共生因素而把它引向终结……在特定的电信技术王国中（从这个意义上说，政治影响倒在其次），整个的所谓文学的时代（即使不是全部）将不复存在。哲学、精神分析学都在劫难逃，甚至连情书也不能幸免"。米勒的上述解说告诉我们：大数据时代的到来，曾一度为英美文学研究注入新鲜血液。随着技术的不断成熟，大数据同时也带来了负面影响。因此，文学正在经历着一场生死攸关的考验。

文学研究的大数据分析从学理上为研究者带来了思考的空间：英美文学研究能不能在数据化时代被完全数字化？大数据的存在究竟对英美文学研究的意义有多大呢？当我们完全信服数据分析结果的时候，真正的审美标准是否存在？在大数据、云计算产生之初，一些学术界的有为学者已经尝试把它与英美文学研究融合，并试图获得新的成果。其他的行业也不甘落后，例如，"医疗健康、交通规划、公共管理、教育培养等领域都在你看不见的地方悄悄运作着大数据分析"，大数据处理信息的能力在此完全发挥着积极作用。对于文学作品的分类处理，大数据也能做得很完美。例如，我们可以通过数据分析学术期刊上英美文学作品的类型、男女作者的比例、哪些作家最受读者欢迎等。但是，我们不能因为大数据的优势所在就完全相信文学作品的研究可以被数据化。在某种程度上，文学作品的研究在多个维度上是不能被量化的，比如，研究者的学术能力、研究者的人文关怀程度、文学美感的体会程度等。

二、大数据背景下英美文学创新性研究的措施

在信息技术高速运转的今天，英美文学的研究也要与时俱进，不仅要不断地更新现有的研究方法、研究理论，还要转变墨守成规的思维方式，要用批判的眼光对待万花筒一般令人眼花缭乱的信息，要用全面发展的战略要求自己掌握各个学科的基本知识，从而使英美文学的研究更加具有内涵和说服力。

（一）英美文学创新性研究可以通过转变思维方式来实现

思维是人脑对客观事物间接的、概括的反应。间接性和概括性是思维过程的重要特征。大数据时代的到来给英美文学研究者的传统思维带来了巨大的挑战。面对如此巨大的信息流，如何转变思维方式是当下需要着重解决的问题。作为人文学科研究者的英美文学界人士，因长时间地关注语言领域的知识，因此具有一定的语言天赋。经过长时间的观察，有些学者发现当下的文学研究者的思辨能力远远落后于搞科研的学者。爱因斯坦说："没有思辨精神，就没有创造新科学的能力。"他还说："要创立一门理论，仅靠收集一下记录在案的现象是远远不够的，还必须有深入事物本质的大胆的创造型思维能力。"而大数据恰恰在思维方式上对英美文学研究者提出了挑战。

（二）英美文学创新性研究可以通过跨学科研究来实现

大数据要求学者不仅要懂得本学科领域的知识框架，还要大量地涉猎其他学科的基本知识。较之那些跨学科领域的学者来说，人文学科的学者一般缺乏思辨能力。因此，为了提高他们自身的学术修养，要适当地补充下数学方面的知识，即要学会归纳、概括、分析问题的能力。就跨学科研究而言，笔者把它分为两类：同一学科门类间的跨学科研究；不同学科门类间的跨学科研究。此外，语料库技术的出现又为英美文学研究打开了一扇明亮的天窗，如建立不同的文学语料库可以为英美文学研究者提供重要的数据资源。心理学、医学、建筑学、哲学等对于大数据时代下的英美文学研究同样具有重要作用。只有有效地融合这些学科知识，基于海量数据的英美文学研究成果才更具说服力。

笔者认为在大数据时代背景下，英美文学研究应该坚持求新存异，而不是一味地总结前人的观点，寸步不前。科研的引领人要寻找创新的突破口，从不同的视角去收集数据、处理数据，要做到在做学问时既要看到森林也要看到树木。同时英美文学研究学者要善于不断调整自己的视角，与新的理论、新的研

究方法接轨。学者们只有拥有新的观点、新想法，才能在学术界发出自己的声音，才会创作出新的成果。

在大数据的帮助下英美文学研究得到了进一步的扩展，同时也受到了一定的挑战。研究者可以通过转变思维方式、批判地对待海量数据和跨学科研究来增加个人的甄别能力，从而使海量数据发挥应有的积极作用。尽管我国对大数据在英美文学研究领域的应用和探索才刚刚起步，但相信随着信息技术的不断进步、研究人员和专业人士的不懈耕耘，大数据必将在未来开启一个英美文学研究的新时代。总之，大数据的存在一定程度上推动了英美文学的传播，从而使其达到与时俱进的效果。

第二节　中国文学视野中的英美文学

随着经济全球化的快速发展，中西方文化的交流、碰撞日渐增多，特别是英美文学正在深深地影响着中国文学，甚至也在影响着新一代年轻人的人生观、价值观、世界观。在分析英美文学的魅力和我国文化的特点之后，把握英美文学作品与中国文学作品的主题思想中的差异，取其精华去其糟粕，有助于提高学者的跨文化交际能力，避免交际障碍的干扰。

随着我国全方位、宽领域改革开放的不断发展和深入，以及世界经济全球化的逐步扩展，不同地域、不同民族的文学相互交流、相互碰撞。中国文学是历经中华五千年悠久、灿烂的历史文化积淀下来的，现在正承受着外来文学的冲击和影响，而在众多的外来文学中，英美文学对中国文学造成的冲击和影响可谓巨大。

一、文学的内涵

文学，就是人类以语言文字的形式来表达人类社会的基本生活状态及人类的心理活动，是为人类的社会生活服务的。人民的日常劳动是人类文学创作的源泉，例如，中国的《诗经》、美索不达米亚的《吉尔伽美什史诗》和古希腊的《伊利昂纪》等现存的有记录的优秀文学作品。文学是利用不同途径的表现形式来表达一段时期人类的社会生活状况及人民内心思想感情活动的艺术。

（一）中国文学

中国文学是以汉民族文学为主体部分，与各个少数民族文学相互融合，共同创造出的有中华民族特色的文学。中国文学拥有五千多年的灿烂文明，有着悠久的历史，有着自己特殊的思想内容、表现形式和文学风格。与世界其他各国文学相同的是，中国的文学最初也是附属于宗教之内，用于祭祀、祈祷、卜筮。后来由于社会形态的演变、民智的开化等种种因素的影响，文学渐渐地脱离了宗教，而成为一门独立的艺术。有了独立地位的文学大抵可分为两大派别，即一般习称的"言志派"和"载道派"。言志派主张"诗言志"，认为文学当是"抒一己之情，写一己之志"，以其无所为而为，具有游戏的兴味。又有人认为，言志的文学是"甘美"的文学，其讲究美而不讲求实用。载道派主张"文以载道"，认为文学作品的产生应当有其严肃而实用的目的，而不仅是用以抒发个人情感，其强调文学必须是有用的、有益的，讲求实用多于讲求美。

（二）英美文学

英美文学，即英国人民和美国人民用长期使用的英语语言来描述表现其时代生活、审美观念和思想的产物，其基本精神就是科学和民主。英国文学经历了长期、曲折、复杂的发展演变历程。英国与美国语言因为都同属英语体系，长久以来，人们都认为美国文学是英国文学的一个分支。英美两国文学在历史发展进程中，由于受到各自国家的各种现实、历史、政治、文化等因素的共同作用，以及为了遵循文学内部自身的发展规律，两国的文学发展历经不同的历史发展阶段。在众多不同发展阶段中，英国文学历史上被认为最辉煌的时期之一是维多利亚时期，在此期间，小说以其最具活力和最具挑战性的方式来揭示人们在思想方面的进步，大部分小说作品着力表达对广大平民百姓命运的关注，深入表达人们对现实状况的态度及人物的内心情感，该时期的文学作品为今后英国文学的多元化发展奠定了基础。

二、中国文学与英美文学的探究

（一）二者的区别

中国文学在表现形式上显得较含蓄、委婉，竭力体现意境美，形式上多表现为辞藻、修辞及意境等方法的大量使用；英美文学的表现形式则显得比较直率、大胆、豪放，并没有过多地加入大量修辞方法。这与中国人民和英美人民的生活方式不同有关，因为文学源于劳动，有什么样的劳动环境就有什么样的文学作品与之相匹配。虽然中国文学在不断地向前发展进步着，但中国文学还是表现出稳定、凝固化的特点，这与英美文学有着比较明显的差异。从体裁和创作方式来看，中国文学比较倾向于表现的特点，英美文学则比较倾向于写实的特点。

（二）英美文学的气质特点

英美文学的文化气质特点，不是能用某一个概念就可以概括的。英美文学的主要特点之一是文化气质的多元化、文学内涵的丰富多彩性。纵观英美文学发展史上的著名作家和作品，结合英美文化和民族的发展历史，可以大致提炼出以下几点突出的文化气质。

1. 对人类的解放和启蒙的追求

英美文学的审美传统可以追溯到古希腊罗马时期，大多数的文学作品中都具有强烈浓厚的人文主义色彩。尤其是在西方文艺复兴时期创作的英美文学作品，都在强调对人的解放和对启蒙的追求。例如，著名的戏剧家、作家莎士比亚，文学家雪莱等人的文学作品中，都在呼吁对人性的解放和启蒙，发出了解放人性的时代最强音。

2. 语言简洁，充满理性

英美文学利用简洁生动的语言，虽不能完整地反映历史的真实性，但给人一种更加真切、更加深刻的感觉，可以给人带来一种很强的激励感，产生强烈的共鸣。随着对英美文学特点的深入学习，学生可以知道要用理性的态度去思考问题，对综合能力的提高也会大有裨益。

3. 勇于批判、善于质疑和深入反思的文化传统

与中国文学相比，英美文学中的一大特色就是勇于反思和敢于批判，敢于发表自己的内心情感。例如，美国文学的一大特色就是批判性。美国文学作为世界上最年轻的文学种类之一，从它诞生之初，就以尖锐的批判性而成为独树一帜的文学种类。从美国独立革命时期充满战斗性的文学作品，到废除农奴制时期反映人民对自由的渴望和追求的小说文学作品，再到马克·吐温和菲兹杰拉德等人的创作讽刺小说作品，无不透露出一种强烈的批判意识。

4. 重视现实、胸怀天下苍生的文学追求

在众多的古希腊古罗马文学作品中，虽然多数作品都以神明和英雄的事迹为写作题材，但文学内涵都是在关注现实、批判和反思现实的生活。而英美文学在漫长的发展历史中，受到古希腊古罗马时期作品的影响，也呈现出批判反思现实、心怀天下苍生的特有的文化内涵气质。例如，英国著名作家毛姆的代表作品《人性的枷锁》，就是以第一人称的角度，叙述了主人公菲利普的迷惘、探索、悲观和苦痛的前半生，是一部充满现实关怀的文学作品。小说以质朴无

华的文体将社会的人情冷暖、残酷的现实栩栩如生地展现在读者面前，出色地表达出了一种深沉的悲剧性的情感。

对英美文学作品的分析，可以帮助人们了解文化的差异，提高跨文化交际能力。学习英美文学就要对文学作品的思想、内容、主题进行充分的理解、分析，这样可以帮助人们拓宽视野，了解外国文化，增加知识，启蒙智慧，繁荣我国的文学作品和丰富文学的创作方法。人们可以品味更多的外国文化，了解中西方文化差异，理解文化差异才能消除沟通障碍，从而更好地与人沟通，融入多元化的世纪和文化一体化发展的潮流中，促进不同文化间人们的交流，提高跨文化交际的能力，从语言学习者蜕变成语言使用者，以达到语言学习的最终目标。

英美文学对中国文学的影响是多方面的，在其影响下，后者发生了前所未有的变化，即从文学观念、思想意蕴、艺术形式、文学语言到传播方式，都发生了变化。对英美文学的介绍、评论、研究，不仅可以开阔我们的文化视野，还可以为中国文学的深入发展与创作提供有价值的参考依据和理论研究方法，启发人民群众的智慧。同时，也为我国文学研究提供参考，而且，可以增强中国文学与英美文学的交融，有助于我国文学研究者实现理论观念的转换，促进我国文学艺术追求和表现手法的多样化发展，为中国文学的发展进步起到重要的推动作用。

第三节　人文主义教育与高校英美文学教学

人文主义教育有助于高校实现其培养全面综合的高素质人才的目标。英美文学课程具有独特的人文学科优势，强化高校英美文学教学可以强化人文主义教育，对于大学生情操的培养以及思维能力的塑造具有很大的帮助，值得我们予以充分的重视并对其进行深入研究。

人文主义教育基于人文主义思想，它给予受教育者足够的理解与尊重，关注受教育者的情感、素养和潜能，有助于把受教育者塑造成有理想人格、情操高尚的人。人文主义教育和高校培养全面综合的高素质人才的目标不谋而合。在高校内开设传统英美文学课，不但可以有效地帮助高校提高人文素质教育的水平，让学生对英美等国家的文化知识、风俗民情有更多的了解，大幅提升学生的人文内涵，还可以提供丰富的文化知识背景等来帮助学生提高综合素质。

一、高校英美文学教学发展现状与大学生人文素质现状

（一）高校英美文学教学发展情况

英美文学是我国高等院校英语专业的一门非常重要的专业课，其主要目的是对当代大学生的英语阅读能力以及对英美文学作品的赏析能力进行培养，从听、说、读、写、译这五个方面对大学生的英语水平进行锻炼，以提高学生的综合素质。如今我国高校开设的英美文学课程已经取得了良好的发展，课程在高校中实现了高度的普及，而英美文学课程的重要性也同样得到了社会各界的认可和肯定。

但是我国高等教育体系中还存在一些问题，这些问题对英美文学教学产生了一定的影响。这些影响具体来说包括以下三个方面：一是认识不明确，没有认识到英美文学的重要性。一些高等院校在设置学科的过程中，由于对于英美文学的认识不足，没有充分认识到其重要性，将英美文化这门专业课设置成为选修课，从小班教学变成了大班讲座。二是师资力量仍需强化。比起中国古代文学这一类的课程，英美文学教师队伍在综合素质方面需要提高，在专业知识方面需要不断积累。三是教学方法需要创新。英美文学专业的教师授课方式多是填鸭式或是讲座式，没能将学生的主观能动性调动起来，学生在课堂上没有什么主动参与的兴趣，课堂氛围也非常沉闷无趣。英美文学教师在上课的过程中，主要是分析这些作品的文法以及语言知识等，没有去挖掘、分析文学作品中蕴含的人文内涵，这是我国高校英美文学教学中最突出的一个问题。教师在授课过程中不经意就把英美文学课看成了一门语言课，主要对英语的词汇、语法等进行讲解，而对文学作品中的西方文化精神以及蕴藏其中的人文知识却没能解析到位，教师在教学过程中忽略了对学生人文素质的培养。所以，目前高校英美文学教学改革的首要任务就是打破原有的传统教学模式，真正强化培养大学生的人文素质，将英美文学课程设置的意义和价值体现出来。

（二）目前我国高校大学生的人文素质

对于"人文素质"这个概念，古往今来有着各种各样不同的理解。历史文化、地域情况以及风俗民情的不同，会导致在理解"人文素质"的内涵时产生差异。但是通过比较这些观念我们发现它们还是有共同点的，即都对人的生命以及意义非常重视，而且主要集中在情感、知识和意志这三个方面。所以笔者这里所说的人文素质，是大学生拥有的人文知识结构、自身的道德情操以及对问题进行判断和思考的能力的综合。

　　随着教育水平的不断提升，大学生拥有越来越丰富的专业知识以及越来越高的综合素质，但是他们的人文素质水平尚不能达到社会发展的要求。愈来愈激烈的人才竞争要求英语专业大学生的人文素质要和我国社会环境相适应。高校英美文学课程的一个重要任务就是将英美国家的风俗民情、价值观念等基本知识传播出去。

二、开展高校英美文学教育对强化人文主义教育的作用

（一）提高道德情操，加强道德素养

　　大学生在大学学习的过程中会逐渐形成自身的道德观，所以这个阶段非常重要。如今各种社会问题频发，这些都会对大学生的世界观、人生观和价值观造成潜移默化的影响。如果没有正确的引导，必然会影响到大学生的健康成长。所以在英美文学课程中，我们主张从"以人为本"的视角出发，利用英美文学课程将精神文明建设的缺失补足。如果说社会主义精神文明的建设离不开继承和发扬传统文化这种途径，那么对于高素质综合型创新人才的培养来说，英美文学课程可以有效地提高其思想道德以及科学文化素质。在狄更斯创作的小说《双城记》里，主人公卡尔顿在死前有过一段催人泪下的内心独白。卡尔顿感受到了自我牺牲这种行为中潜藏的意义，所以坦然地面对了死亡，同时其也找到了永恒的爱情和友情。这本小说中包含的人道主义思想主要是由人性和道德构成的，人可以将自己的一切甚至是生命奉献给所爱的人，所以卡尔顿的行为正好表现了人性最完美的一面，这种精神被长久地传承了下来，形成了典型的献身精神。大学生在读完这个故事以后，可能会意识到世界上最没有价值的事情就是悲观而消极的情绪，生命的价值就在于从事那些崇高的事业。大学的道德教育如果只有理论知识支撑的话会显得非常空洞，且没有充分的说服力。教师仅仅给大学生讲些大话、空话是没有用的，还需要引导他们在文学作品中去体会这种精神。大文豪马克·吐温曾塑造过一个儿童形象哈克，在美国文学史上非常有名。哈克具有十足的叛逆精神以及正义感，最开始他经常捉弄并且看不起逃犯吉姆，但是后来吉姆却用自己的言谈举止教育了哈克。在这个故事中学生可以感受到的一个思想就是，人和人之间都是平等的，种族歧视思想是非常狭隘的，从而能更加正确地理解和认识人文主义的精神内涵。这些英美文学名著不仅揭露了一种社会本质，也是作家自身的情感以及道德思想的体现，对其中合理成分的吸收和改造，对建设社会主义道德是非常有帮助的。

　　对大学生道德素质进行强化，可以让学生在痛苦和磨炼中成长起来，最终

拥有高尚的心灵以及坚强的意志。人文主义视角下的英美文学教学，可以对学生进行引导，通过作家的视角来对其作品中的艺术世界进行观察，让学生明白作家在创作时候内心的感受以及作品中人物的内心情感，更好地去把握这些作品的内涵以及其发展的脉搏。这样大学生才能用更正确、更丰富的态度来看待人生。但是养成良好的道德素养的过程是比较缓慢的，不可能一蹴而就。

（二）培养审美能力

我们可以将英美文学经典作品看作美好、珍贵的艺术品，以它们为对象来进行审美能力培养。但是我国高校在研究英美文学以及教学的过程中，却没有有效地阐释其美学意蕴，纷繁的文学史知识以及理论分析将其在审美教育方面的功能完全遮蔽了，大学生无法准确把握作品中特有的审美意义和价值，因此作品中蕴含的人文主义精神对他们的熏陶作用自然也就弱了很多。

审美教育的教学方式有很多。首先，可以让学生在英美文学作品阅读的过程中感受美，把作品中蕴含的美挖掘出来，这样学生的审美能力自然能得到提升。为了更好地感受和理解作品，学生可以在作品中融入自身的情感体验等，这样不仅能了解许多相关知识，还能培养人文素质和人格。其次，可以通过作业的形式来创造审美。为了保证学生阅读文学作品的效果，教师应检查其阅读情况。教师可以列出至少十本英文名著由学生选择，要求学生进行精读并完成读书笔记。这个过程可以有效地将学生学到的知识内容与自身的认知和鉴赏水平等结合起来，起到提高学生审美水平的效果。

第四节　网络环境下英美文学自主学习

英美文学作品浩如烟海，教师在课堂教学中教授的内容相对有限，英语专业的学生要系统全面扎实地掌握英美文学知识，就必须具备一定的自主学习能力。笔者将从英语专业学生学习英美文学的症结入手，分析英语专业学生利用网络平台学习英美文学的必要性，探索并提出在该环境下学生对英美文学课程的自主学习策略，从而激发学生对英美文学的学习兴趣，提高其学习效率。

自主学习，顾名思义是以学生作为学习主体，通过学生独立地分析、探索、实践、质疑、创造等方法负责和管理自己的学习，自主选择学习目标、内容、策略，从而获得有效学习的认知能力，这是与传统的学习方式相对应的一种现代化学习方式。当然，"基于网络环境的大学英语自主学习并非意味着不受任何约束的自由学习，而是在教师、学习同伴和教务管理部门等外部力量介入下的'自我导向、自我计划、自我激励、自我监控'的学习"。在英美文学课程学习过程中，由于历史跨度大，作家及作品繁多，加上学生自身英美文学基础知识薄弱，需要学生在教师的引导和帮助下，借助网络这一有利的学习平台，更加系统全面有效地自主学习和掌握文学作品的相关知识等。学生通过网络进行英美文学自主学习研究，不仅能有效地建构一个较为完整的文学知识结构，更能进一步增强文化素养、强化文学赏析水平、培养理性的文学评论能力以及提高自身进行文学研究及创作的主动性和自觉性。此外，还有助于学生形成科学的、全面的、开放的世界观和人生观。

一、英语专业学生学习英美文学的"症结"

英美文学是高校英语专业学生的一门必修课，旨在加强学生的文学素养，增强其跨文化学习和交际的能力。但由于受到实用主义教育思想的影响，我国英语专业学生的人文教育情况呈衰落趋势。所以，英语专业学生在学习英美文学课程时会出现一些症结，可以归纳为如下两点。

（一）文学学习无价值论

随着经济全球化的发展，社会需要大量实用型的英语人才。再加上近年来我国加大文化建设的力度，使得中国文化名扬海外，随后国内掀起一阵"英语热""留学热"。因此，我国高校为培养与时俱进的人才，便开设了一些"英语＋专业"课程，如英语＋商务、英语＋经管、英语＋新闻等。但在培养与时俱进的复合型人才的同时，也给英语专业的学生埋下了追求物质和功利的"手雷"。经调查，部分学生认为在经济快速发展、物欲横流的时代，他们在大学里应该把重心放在具有务实性的、实践性的课程上，如商务英语、外贸英语、英汉互译等，他们认为这些课程至少在毕业后会对自己从事相关工作有所帮助；而英美文学则实用价值不大，甚至毕业后能记住的少之又少，从而忽略了英美文学这一类文学性课程的重要性，使该类课程逐渐走向边缘化。

（二）文学学习焦虑论

经问卷调查，极少数学生从小阅读西方经典文学，换言之，大多英语专业的学生文学基础较差。沃尔德从学生角度出发，分析学生学习外语的焦虑并指出："要从以下三个方面努力，才能有效降低学习焦虑：第一，让学生对焦虑有一个基本的认识；第二，让学生明白教师的意图和态度；第三，创造轻松的学习环境，运用以激励为主的教学方法。"首先，从中我们可以知道，正常的焦虑心态有助于激发我们对英美文学学习的紧张感，改变我们对该课程可有可无、不紧不松的学习态度，而目前大多数学生对该课程的学习自信心不足，担心上课学不会、考试考不好，从而产生焦虑心理。其次，纵观现在的英美文学课堂，大多数学生没有积极配合教师的上课进度提前做好课前预习，也没有在课上根据教师画出的重点难点进行深入思考。最后，部分学生在课堂上对于教师提出的开放式问题，出于害怕说错或漏说的心态而不敢畅所欲言，致使课堂气氛极度沉闷，无法和其他同学就不同看法进行交流，从而产生焦虑甚至自卑的心态。

二、英语专业学生利用网络自主学习英美文学的必要性

分析了英语专业学生学习英美文学的"症结"后，笔者发现，传统的英美文学课堂已经不能满足学生多元化知识的需求，我们必须借助网络资源进一步优化学习方法，改变传统的学习方式。下面笔者将简要分析英语专业学生在网络环境下进行自主学习英美文学的几点必要性。

（一）该课程课时量相对较少

经了解，普通高校英语专业英美文学课程大都只在大三年级开设，上学期学习英国文学，下学期学习美国文学，学生们一周只上两至三节课。然而英美文学作品浩如烟海，教师在课堂上教授的内容十分有限，所以就需要学生在课外进行大量的自主阅读，这样才能对英美文学和作品有较好、较全面地了解。

（二）学生是教学和学习的"双主体"

在现代课堂教学中，学生逐渐成为教学的主体，有利于培养学生的独立思考和创新性思维能力。英美文学课程是提高英语专业学生专业知识"广度"和"精度"的一门十分重要的课程。然而，"超过60%的教师仍然沿用比较传统的教学模式"，教师教学形式单一，传输的仅仅是表面层次的知识，无法激起学生的学习兴趣，学生不能广泛地涉猎文学作品，也无法进行系统深入地学习。因此，学生利用网络平台自主学习英美文学知识具有必要性。

（三）除教科书外，学生手头的资料有限

教材上只选取部分作家作品，且知识较为陈旧，学生仅通过教材无法领会作家作品的创作背景及深层含义。再者，"英美文学历史跨度大、文学流派多、作家风格迥异"，增加了学生学习该课程的难度。而随着互联网的普及和发展，学生利用网络环境汲取大量的相关资源进行自主学习，已成为一种常态化的

趋势。

笔者认为英语专业学生借助网络平台阅读和分析大量英美文学作品，不仅可以更为深入地了解西方文化和价值体系，增强自己的文化底蕴和文学修养，还有助于开拓自己的独立思维，拓宽自己的眼界，培养自己自主实践学习的成就感，因此，学生在网络的帮助下进行英美文学自主学习是很有必要的。

三、网络环境下英美文学自主学习策略

随着计算机网络技术的发展，新时期网络环境下的英美文学学习策略应充分利用网络资源，以培养学生独立思考的能力，拓宽学习视野，增强文化素质。采用正确的学习策略有时可以让我们的学习活动事半功倍。

（一）利用网络查找电子书资源

据了解，英语专业学生手头上的文学书籍非常少。一方面，因平时课程繁多，学习任务繁重，图书馆书籍种类繁多，查找起来相对费时费力；另一方面，学生也没有太多闲钱去购买更多文学书籍。因此，大多数学生选择在网上寻找相关英美文学原著电子书进行下载，并存放于手机内，这样在课外便可以随时随地进行阅读，既方便快捷，又省下不少买书的费用。

（二）利用网络赏析有关作家作品的纪录片或电影

现如今电影技术发展相当成熟，很多名家名著被改编制作成电影或者拍成纪录片。为加深对英美文学作品的了解，学生可以在课前或者课后自主观赏相关作品的视频。例如，在教师重点讲解简·奥斯汀的作品《傲慢与偏见》之前，学生可以在网上观看电影《傲慢与偏见》，通过这种视觉冲击，让学生在上课前对作品内容有所印象，随后在课堂上也能更好地吸收所学知识。

（三）采用合作互助的学习模式

"在网络技术所创建的虚拟环境中，学习者即使在不同时间、不同地点，也可针对英美文学这一相同的学习内容相互之间进行交流与合作。"所以，学生可以借助网络设立英语聊天室，进行网上英美文学讨论，共享学习资源。学生还可就英美文学问题与外教进行网上交流探讨，或与外国网友进行网上在线文学合作互助。

（四）借助网络平台分享创作成果

英美文学课程可以在一定程度上提高学生进行文学研究及创作的主动性和

自觉性，培养学生的创新创作能力。"文学的最终培养目标是培养学生的写作能力，在课堂上教师要尊重和鼓励学生的'奇思异想'，努力激发学生的想象力和创造力，鼓励学生尝试文学创作。"英美文学课堂上学生可以接触不少不同流派、风格迥异的诗歌、散文及小说。在学习了19世纪湖畔派诗人威廉·华兹华斯的代表作《水仙花》之后，学生可以自己模仿创作一些浪漫主义风格的诗；在赏析了美国作家华盛顿·欧文的《睡谷传奇》后，尝试创作一些幽默、风趣、讽刺类作品，以培养自己的创新和批判精神。随后把自己的作品分享到博客、文学论坛等交流平台上，与文学爱好者相互学习、探讨、交流。

大三阶段是英语专业学生提升自我专业水平和能力的最佳阶段。而英美文学课程肩负着使学生深入了解西方文化和价值体系、增强学生文化底蕴和文学修养的使命。"当前信息科学技术的迅猛发展为英语自主学习提供了全新的平台。而我们所熟知的语言习得表明，语言学习成功的关键在于语言学习者必须达到明显的自主程度。"借着互联网时代的春风，学生应积极配合任课教师的新型教学模式和教学计划，弘扬学生主体性的主旋律，不断培养自己的自主实践学习的能力，成为时代和社会发展需要的专业知识能力高、独立创新能力强、自主性能力好的专业人才。

第五节　比较文学理念下英美文学的批判和认同

我国的学术研究领域早就从国内的著作转向了国外的文学作品，在大量的研究参考中，英美文学体现出了一定的求同思想，其产生的理念便是比较文学理念。在比较文学的影响下，英美文化作品中的认同与批判逐渐清晰起来，并为研究学者提供了一定的研究范畴。本节将比较文学作为英美文学研究的基本依据，对英美文学中的普适性特征进行把控，对英美作品中的批判与认同进行手法上的分析，以便形成对比较文学以及英美文学更加明晰的认知。

文学交流具有一定的同质性，但是不同的文学背景下的文学却是异质的。文学在交融的时候是不具有明显的边界的，其能够通过正确的翻译工作，实现不同背景、不同文化下的文学作品的交流。比较文学之所以能够将不同文学进行比较，是依靠其本身能够实现的跨越性、可比性特征，在分析比较文学下的英美文化作品时，可以利用其可比性对批判与认同的内容进行分析，并进一步发现公共语义中英美文学存在的批判认同规律。

一、比较文学理念概述

可比性是能够将比较文学理念进行支撑的重要特性，在英美文学中，其不同的文化差异是能够支持比较文学开展的依据，著名的美国学者雷马克曾经在其书中指出了比较文学的可比性，并进行了相关的界定。首先，比较文学重点研究的是在不同文化影响下的不同文学作品，并分析其中的关系；其次是将文学以及跨学科之间的不同联系纳入比较文学中。这两种研究方面能够为学者研究异质文学提供一定的角度，从文学写作风格、故事构架、文学思想以及文学主体等方面进行不同文化背景的文学研究，同时又能够分析并寻找出文学思潮以及文学规律上的普遍性和差异性。

二、思想观念的批判与认同

在将英美文化中思想观念的批判与认同进行分析的时候，可以对能够影响思想观念的普适性特征进行把握，并将其作为研究的入手点，而非直接将英美作品进行举例来分析其中的批判观点与认同思想。首先进行文化思想上的普适性研究，才能够更好地将文学作品中的批判与认同进行更加完整的分析研究。

（一）婚姻、爱情观的批判与认同

在大多数的西方文学作品中，对婚姻爱情中的忠贞与性欲的描写，展现出了相对矛盾的状态，这也正是对于爱情观、婚姻观的批判与认同。在文学作品中，一方面将爱情描写得至高无上，对于勇敢追求爱情的人表示高度的赞赏并认同；另一方面对性欲沉沦的人性，又进行深刻的批判。但这种批判和认同在一定的程度上属于同一个领域，爱情和性欲是不能够独立成两个毫不相关的个体的，因此在部分文学作品中，其对立性不是太过明显，这是由于在社会文化不断发展的过程中实现的文化开放现象。在20世纪早期，英美文化作品中将爱情与婚姻进行了明显的区分。在部分作品中，大力宣扬女性在追求爱情的过程中表现出的坚强、勇敢的精神，例如著名作品《飘》。但在当今的英美文学中，爱情与婚姻的界限已经被模糊化，在一些西方作品中，曾经出现三人的婚姻关系，这是在崇尚爱情自由的前提下，展现出的一种畸形的爱情观，是在正常的婚姻生活之外进行的批判描写。这种矛盾的划分方法将批判与认同糅杂在一起，更大程度上反映了社会现象的矛盾。

（二）亲情观的批判与认同

在西方社会中，亲情观在一定程度上彰显了其相对的独立性。父母与子女并不能形成长时间的依存关系，在子女成年之前，父母才具备责任与义务，成年之后的个人发展更为重要，这使亲情所占的比例大大减少。这种亲情观在西方社会中是很常见的，但是在众多的文学作品中，也对亲人之间的冷漠进行了批判。例如《欧也妮·葛朗台》对不对等的父女关系进行了批判，对葛朗台的所作所为进行了严厉的斥责，并使其在故事结尾不得善终。这种亲情关系上的认同与批判，在一定程度上是社会物质贪婪的一种反映，是对资本社会的恶劣现象进行的批判。

三、自我文化的批判与认同

在一定程度上来讲，社会经济能够对社会文化产生一定的影响，经济发达的社会能够带给自身的国民以强大的文化自信，这种自信是能够体现在文学作品中的。在文学作品中对自身的文化进行高度的赞扬，这是一种强烈的自我文化认同，但是在过于自信的同时，便产生了排外的现象。

这种极度的文化自信以及人性光辉，能够在诸多的作品中彰显出来，如《追风筝的人》等，但是由于这种自我高度认同导致的批判也更加强烈。在《汤姆叔叔的小屋》中，外来文化面临着发展极度艰难的局面，黑人的生存环境恶劣、待遇不高，这使得人性不堪的一面被揭露出来，并对其进行深刻的批判，同时文化自信在一定的程度上将使自身的文化走向衰落。

四、人物形象塑造的批判与认同

（一）人物价值取向的批判和认同

在西方文学作品中，人物的价值取向塑造具有一定的定式，在女性主人公的塑造方面，往往将其追求自由、勇敢坚毅以及善良的品质进行标签化，对于男性主人公，则将其塑造成坚强无畏、公正、正直的形象，在故事发生的过程中，人物的形象被标签化严重，大部分的作品都套用此种价值取向模式。在故事的塑造中，男性往往被赋予丰富的形象，以便进行情节的推进，故事的框架广泛，涉及的领域比较丰富，这较女性作品而言具有一定的优势，同时女性故事发生领域往往涉及爱情、家庭、伦理等。

这种故事框架在西方文学作品中是十分常见的，以女性为核心的故事框架在一定程度上涉及了生活的琐碎，将爱情、家庭作为女性生活的大部分。而在以男性为核心的故事中，往往将其与社会的发展结合起来，在将故事的框架抛开进行人物性格分析时，发现其主要宣扬的是一种坚韧不拔、不屈意志的形象认同。但在一定程度上，这种形象框架对男女的社会地位以及社会分工进行了折射，在性别平等以及人权平等方面，又蕴含着一定的批判意味。

（二）人物形象塑造情感的批判和认同

在英美文学的创作中，其主流的情感是自由热情、活力充沛，这种情感认同在一定程度上，是与心理学领域相关的，并在认同倾向上面具有一致性。在情感的塑造上面，人物的积极旺盛的情感能够将希望彰显出来，这与西方文学主流的创造理念是相辅相成的。西方社会善于将人文思想进行极度的渲染，并通过其影响力引起读者的情感认同，在部分英雄主义的作品中，英雄故事情节能够将读者的英雄情感带动起来，并在一定基础上达到文化影响社会发展的目的。同时在人物的情感塑造方面，善于将消极情绪进行弱化，并在一定的程度上转变为积极的情感，使文学作品的情感塑造始终保持在一定的领域上。这种对正面情感高度认同的现象，则是对消极情感的一种批判，同时也正是因为这种批判，使人物形象的对立面更加明显。

综上所述，在进行西方文学认同与批判的分析时，将比较文学作为基础的分析依据，从内容框架上入手进行思想、文化的认同分析，同时将人物形象正反两面进行阐述，这三个方面能够将英美文学中的认同和批判清晰地体现出来。文学的批判和认同是建立在社会发展背景以及文化环境上的，在文化环境不断改变的过程中，其认同和批判的内容也会随之变化，两者之间进行转变的情况也时有发生，这种现象是文化发展的必经之路，同时也是认同与批判在文学作品中不断演变的推动力。

第六节　英美文学在英语教育中的渗透路径

经济全球化的不断深入发展，以及社会主义的经济建设发展，需要更多优秀的复合型人才。高校英语教学活动是提高我国人才的英语使用能力的主要路径。本节将简要分析英美文学在英语教育中的积极影响，并论述英美文学在英语教育中的渗透现状及渗透路径。本节的分析及研究旨在促进高校英语教学质量的切实提升。

在知识经济时代背景下，市场经济的发展对于人才的能力有着更高的要求，不仅需要学生掌握优秀的英语实践能力，还需要具备跨文化交际能力。在大学英语新课程标准之下，培养学生的英语基础及英语交际能力，是高等院校英语教学活动的主要任务。随着教育大众化的不断深入发展，高等院校每年毕业的学生数量逐渐增多，出现了巨大的就业压力，因此，高等教育提高英语教学的质量及水平，将有助于学生提高自身的就业能力，缓解当代青年大学生就业困难的压力。

一、英美文学在英语教育中的作用

（一）有利于提高学生的英语能力

将英美文学结合渗透至英语教学活动中，通过学习英美文学知识，有助于提高学生的语言运用技巧。英美文学作品之中，具有大量丰富的词汇，蕴含着各种语言表达技巧，通过阅读文学著作有助于拓展学生的英语文学知识，丰富学生的词汇储备量及语言表述方式。英美文学作品是英美文化的有机组成部分，通过英美文学作品教学，将有效地提高学生跨文化交际的能力及素质。借助英美文学作品中的生活、文化、社会等内容，学生将加深对英美文化及社会习俗的了解。在英语实际运用过程中，学生将充分感受到英美文化的魅力，加深学习英语知识的兴趣及热情，提高英语知识学习的效率。

（二）有利于培养学生的文学素养

在新时期社会背景下，人们对于社会主义建设人才的能力有着更高的要求，需要学生掌握一定的英语交际能力，并要求学生具备文学素养。因此，将英美文学渗透至英语教学活动中，将有助于提高学生的文学素养与综合素质。英美文学作品中有大量优秀的著作，例如，《老人与海》将培养学生勇敢坚毅的性格，给学生的成长发展带来积极的影响。《呼啸山庄》《傲慢与偏见》《简·爱》《德伯家的苔丝》《了不起的盖茨比》等，都是当代青年大学生必读的英美著作。将英美文学渗透至英语教学活动中，可以熏陶学生的艺术气质，培养学生的想象力、鉴赏力、审美品位。教师在教学活动中，与学生一起深入挖掘文学作品中的思想内涵及人文精神，并了解英美国家的文化历史及社会人文，提升自身的英语能力及个人素质。

（三）有利于激发学生的学习兴趣

传统的英语教学活动主要围绕教材中的知识点开展，学生处于知识的被动接受地位，因此，学习英语知识的热情及积极性较低。将英美文学渗透至英语教学活动中，可以有效地激发学生对英语知识的学习兴趣，提高英语教学的质量及有效性。英语教学活动具有一定的枯燥性，如果过于重视听力、阅读、翻译、写作等内容的教学，学生的学习主动性与积极性将有所降低。英美文学作品，通常为反映社会时代生活、展现人与社会之间关系的作品，在文学作品中具有不同的人物形象及故事情节。对于文学作品的学习，将保证学生在轻松的学习活动中，掌握大量的英语知识，有助于激发学生的学习热情。

二、英美文学在英语教育的渗透现状

（一）教师的教学目标待明确

在传统的英语教学过程中，教师普遍处于教学活动的主体地位，学生的英语知识学习为被动接受。根据相关的调查结果显示，高校英语教师的英美文学渗透能力不足，教师自身的英美文学素养有待提升，英语教学内容主要以课本知识为主。将英美文学渗透至英语教学活动中，需要高校英语教师明确英美文学渗透的目标，制定出科学合理的教学模式。高校英语教师受传统应试教育理念的影响较为深刻，在教学过程中，更加关注学生的学习成绩及英语实践能力的提升，忽视了英美文学对于学生的积极影响，因此将英美文学渗透至英语教学的目标有待明确。

（二）学生的学习热情待提升

调动学生学习的热情与积极性，是提高教学质量的有效路径。传统的英语教学模式中，教学缺少趣味性及创新性，学生学习英语知识的兴趣较低。在互联网时代背景下，当代青年大学生可接触到丰富多样的网络内容。网络平台的普及化发展，不仅为学生提供了休闲娱乐项目，也有效拓展了学生的学习渠道。由于我国互联网发展起步较晚，针对网络平台及网络内容的规范性较低，学生在网络平台中将接触到良莠不齐的网络内容，包括错误的价值观念及低俗的内容，这些将影响大学生的价值观念及学习热情。部分大学生出现过度沉迷网络世界的问题，对于文化知识及能力提升的专注度有所降低，大学生的学习活动受互联网影响较为深刻。

（三）渗透教学方式待创新

将英美文学渗透至英语教学活动中，需要高校英语教师找到科学合理的教学方式，为学生营造良好的学习氛围，充分激发学生对英语文学的了解兴趣及热情。现阶段，高等院校英语教学活动中，英语文学的渗入方式有待创新。首先，高校教师在英美文学作品的选择中，存在一定的盲目性，并未充分结合学生的兴趣爱好及学习需求，文学作品内容选择的针对性较低。其次，高校英语教师将英美文学作品渗入英语教学的方式有待创新。高校英语教师会引导学生阅读英美文学作品，通过阅读提升学生的文学素质。但针对英美文学作品与实际教学内容及生活的联系性较低，并且缺少英美文学实践活动。

三、英美文学在英语教育中的渗透路径

（一）明确渗透教学目标

将英美文学渗透至英语教学活动中，需要高校英语教师树立明确的教学目标，针对英美文学作品教学活动形成准确、客观的认识，依照教学目标制定相应的教学计划。首先，高校英语教师应基于大学英语课程的建设目标，将培养学生的英语综合素质及实践能力作为核心内容，以增强学生的跨文化交际能力为重点要求。英语文学课的教学活动，着重培养学生对英美文学的鉴赏能力及理解能力，丰富学生的词汇量及表达方式，提升学生的文学功底。其次，高校教师的英美文学渗透教学，应制定出具有针对性及实效性的教学目标，充分了解当代青年大学生的兴趣爱好及学习需求，选择适合学生学习，并且学生喜闻乐见的英语文学作品，例如，《简·爱》《瓦尔登湖》《人间喜剧》《双城记》《哈姆雷特》等。

（二）创新渗透教学方式

高校教师应创新英美文学渗透教学的方式，对将英美文学渗透至英语教学中形成清晰的教学框架。首先，高校教师应立足于高校英语教材内容，将教材内容作为文学作品渗透的基础，在保证原有教学体系的基础上，结合英美文学作品内容，实现对教材内容的延伸及拓展。为了将英美文学渗透至英语教学中，教师应选择学生感兴趣及熟悉的作品进行分析，例如，雨果、莎士比亚、狄更斯、海明威等著名作家的经典著作。其次，为了将英美文学渗透至英语教学活动中，应保证教学内容的连贯性，实现文学作品与英语学习内容的无缝衔接，帮助学生对英语知识建立整体的理解框架，提高学生的英美文学鉴赏能力。最后，为了将英美文学渗透至英语教学活动中，教师应积极创新渗透的方式及路径，调动学生的学习热情及积极性，例如，组织学生进行角色扮演，通过演出的形式复盘文学作品等。

（三）提高教师渗透能力

在信息时代的背景下，将英美文学渗透至英语教学活动中，对教师的教学能力有着更高的要求。高校教师应积极提高自身的教学能力，巩固英语教学的

方式及手段，打造出有序、高效的英语教学课堂。首先，教师可在课前通过多媒体教学的形式，将英美文学内容结合到教学内容中，并通过视频、音频、图片的形式呈现出来。教师还可将文学作品改编的电影桥段，结合至教学内容中，充分调动学生的学习热情，营造良好的学习氛围。其次，教师应积极转变自身的教学理念，认识到英美文学对于学生的积极影响，并明确培养具有综合素质的复合型人才目标，充分借助英美文学资源，提高学生的英语实践能力及跨文化交际能力。

大学时期是培养学生正确价值观念的重要时期，经典的文学作品中，蕴含着丰富的文学内涵，以及作者对于人性的深刻思考。将英美文学作品与英语教学活动相结合，将有助于弥补英语教学中的不足，提高学生对英语知识的理解水平及掌握能力。新时期的英语人才培养，不仅需要学生具备使用英语知识的能力，并且需要学生具备一定的跨文化交际能力。英美文学作品与英语教育的有效结合，将有助于提高学生的文学素养以及跨文化交际能力，有助于将当代青年大学生培养成优秀的复合型人才。

第七节　接受反应理论下英美文学课程探索

随着应用型本科教育的深入改革，本科教育的课程越来越多地注重学生能力与素质的培养。作为英语骨干课程之一的英美文学也是如此。事实上，文学作品需依靠读者的二次创造才能完整，这给英美文学教学提高学生自主学习能力和人文素养提供了理论支持。具体来说，就是在英美文学的教学过程中要确立任务价值，建立积极预期和支持性环境。

目前，我国外向型经济快速发展，与英语世界国家的交流日益频繁，这对英语专业人才培养提出了更高的要求。为了顺应时代发展，应用型本科院校越来越重视学生各种应用技能的培养，加之现代社会快餐文化大行其道，使得很多学生对文学作品这块难啃的骨头敬而远之。事实上，英美文学作为英语专业教育的一门支柱课程是非常重要和必要的。只关注技能，重视书本知识的考核，忽视文学素养的养成和文化素质的培养，将会使学生缺乏综合运用知识的能力和创新能力。因此，在英美文学课程中，培养学生自主进行文学鉴赏分析与文学理论批评的能力，从而提高学生的文学文化修为、培养人文精神显得尤为重要。现行的英美文学教学中教师仍采用传统的讲授为主的教学模式，忽视了学生自主进行文本细读、阐释、思索和探究的过程，因而学生只是被动地接受客观知识。接受反应论认为，既成文学作品必须依靠读者的二次加工才是完整的文本，必须充分发挥读者的文学鉴赏甚至文学创造的主体作用，因此其中的一些观点与方法恰好能够解决英美文学教学所遇到的学生参与度不高的问题。

一、接受反应理论简介与应用

最早强调感知者在意义确定中的核心作用的现代哲学思潮是以埃德蒙·胡塞尔为代表人物的现象学。他的学生马丁·海德格尔将现象学向接受反应理论转移，伽达默尔在此基础上将海德格尔的批评方法运用于文学理论中，他认为文学作品并不是作为一个完成的东西进入这个世界的，其意义其实取决于解释者的历史处境。真正意义上的接受反应批评这一术语泛指所有以读者为中心的文学理论与批评。该理论认为，文学作品在未被读者阅读阐释之前只是一种存在的可能性，缺失了读者二次创造的作品甚至不能成为文学作品。因此，读者才是文学活动的主体而非作者。这种理论将文学作品的焦点从作者转移到了读者，给研究文学作品打开了无限可能的大门。既然读者必须参与文学创作，那每一个文本面对不同读者的意义也就无法统一，从根本上否定了所谓正确意义的存在，肯定了文本的多种阐释的可能性。其中，尧斯用"期待视野"这一术语来阐释读者对任一特定历史时期的文学作品做出判断的依据。沃尔夫冈·伊泽尔提出了文学的三重组合概念，打破了文学是虚构与真实的二元对立，他认为文本由真实、虚构和想象组成。伊泽尔强调，读者在填补文本"空白"的时候，依据个体经验的不同采取了各自独有的方式，从而"将文本纳入他们的意识"，通过对文本内化、协商，进行再创作，读者不断调整、充实自己的经验，修正其世界观。因此，阅读提供机会给读者去形构未曾形构过的现实，在英美文学课程中，教师对学生进行正确的阅读引导可以帮助学生建立正确的审美取向和积极向上的人生观和价值观，这也是可以用接受反应理论来指导教学的理论依据。接受反应理论教学模式就是读者反应理论指导下的一种以学生为主体的教学模式，在英美文学课程中的应用研究方面也有不少研究成果。如我国学者提出了任务型教学，解释了"空白"理论、期待视域与英美文学课程的关系，让学生主动积极地参与文学作品的阅读。但是对于如何结合读者反应理论与英美文学教学实践活动的相关问题研究笼统且不全面，因此研究如何构建新型英美文学教学模式显得尤为重要。

二、英美文学教学探讨

简而言之，在接受反应理论指导下，新型英美文学教学模式是充分调动学生的能动性，以教师为主导，以学生为主体，改变传统的教学模式，因材施教，鼓励学生独立参与，调整考核模式。颠倒原有以课堂为主的知识传授方式，依靠学生进行知识内化，重新规划课堂时间，构建出协作式、个性化的学习环境，最终提高学生的自主学习能力和人文素养。要实现以上目标，首先需要确立任务价值，给学生树立自主学习的意识。同时，自主学习的难度要适当，教师应在已有知识的基础上，略微增加知识难度，并及时给学生提供指导，注重学生反馈，给其建立积极的预期，并创造支持性环境，包括给学生提供选择、决策的权利和反思的机会，使学生感受到教师的支持和学习环境的友好，从而维持学生参与的动机。

（一）确立任务价值

在传统教学模式中，教师在课前布置预习任务，学生仅安排少量的时间学习新知识，以查阅生词、翻译句子、读懂课文为主要方式，任务价值有待商榷。而以学生为主体的教学模式要求教师和学生重新安排学习时间，教师在课前布置自习任务，主要依靠课前完成知识传输与掌握，予以适当指导并设计相关练习。这样的颠倒课堂需要学生在课前花费大量的时间去自习，如何让学生认同任务的价值，从而牢牢树立自主学习的意识就成为首要问题。因此，教师在设计教学任务时要注重任务的时效性，从学生的生活中发现任务，与日常实践相联系，使学生意识到完成任务对自己的重要性，如此，便可调动学生自主学习的积极性，确立学生的学习价值。依据可参考资源的多少，教师可以自主选择微课设计与视频制作，或者将二者相结合。要让学生在自主学习中表现优秀，在确立任务价值时还需布置与学生知识组织方式相匹配的学习任务。知识组织方式在本质上并无好坏对错之分，但是不同的知识组织方式会产生不同的知识运用方式，从而影响学生的学习效果。这就要求教师尽量了解学生的知识组织方式。但是由于教师与学生的人生阅历、思维方式和已有知识组织方式的不同，教师无法完全掌握每一个学生的知识组织方式，给每一个学生以合适的学习任务，但要遵循一个基本规则，那就是任务的设置要致力于帮助学生建立知识间的重要联系。例如，解释基本概念、夯实知识框架、建构原理模型、提供概念图形和表格，将抽象问题具体化。通过教师的引导作用，帮助学生挖掘知识的深层特征，使学生内化所学知识，在知识间建立联系，从而改进学生的知识组织方式。

（二）建立积极预期

在学生看到任务价值的前提下，教师还需要给学生建立积极预期。首先，在制作课前视频时要注意给学生下达的任务预期需高低适中。预期过高，会使学生因为达不到而回避对抗；预期过低，会使学生因为兴趣不足而拒绝。这要求教师充分了解学生目前所处的知识水平。教师应该了解学生已有的知识状况，有针对性地采取不同的策略去帮助学生解决问题并充分发挥原有正确知识的作用，使之逐步转化为继续学习的能力。其次，建立积极预期还包括适当的反馈和学习策略的指导。教师必须关注练习的目标导向以便于设计有针对性的、有效的练习。对于目标需清楚描述，提供范例，并且循序渐进地给予指导。英美文学课程的评分标准需在细化的前提下尽量包含多种可能性，并且增加教师自主给分的可能性。

（三）创造支持性环境

支持性环境指的是给学生选择、决策的权利和反思的机会。如果学生在依据自己的意愿评判作品之后没有得到期望的认同，甚至感觉自己受到了周围环境的反对或者歧视，他会渐渐被周围环境边缘化，甚至感到焦虑，对教师和学习日益冷漠、排斥。因此，教师应该对学生不同的学习进程设计多样化的例子。尤其是文学，从本质上讲就是一种见仁见智的学问。在文学课堂上，教师更应注意自己的语气，注重师生的互动。在课堂上以分小组讨论为主要的传授方式，教师有效组织课堂进程，恰当安排课前和课中教学进程，让学生畅所欲言，轻松投入到学习中。

接受反应理论可以指导我们的教学实践，尤其对于英美文学这一英语专业人文素养培养的重要课程来说，灵活运用这一理论可以启发我们去改变传统的教学模式，颠倒原有的教学过程，利用课下碎片时间完成新知识的传输，充分发挥学生的自主能动性，并且调整考核模式，打破标准答案的固有束缚，构建出协作式、个性化的学习环境，最终提高学生的自主学习能力和人文素养。但是学生的自主学习能力不是天生就有的，对它的培养也不是一蹴而就的，而是一个循序渐进的过程，因此教师需要时刻关注学生的学习进程，及时给予纠正调整，保证教学进程的顺利实施。

第八节　系统功能语言学视角下的英美文学赏析

系统功能语言学是对语言应用的根本性问题进行研究分析，包括语言性质、语言过程、语言特点等。系统功能语言学在英美文学赏析当中运用，能够解决不同语言体系理解方面的问题，促进英美文学赏析成效提升。因而，本节将对系统功能学视角下的英美文学赏析进行论述分析。

　　文化是国家发展必不可少的元素，不同国家都有自身的语言和文化，文学作品赏析是不同国家文化交流的重要途径，但是由于国家语言与文化方面的差异，在文学赏析时会出现一些阻碍，使赏析者对文学作品表述含义无法进行深入透彻的理解。系统功能语言学在文学赏析当中的应用，能够有效解决这一问题，能够强化英美文学赏析的准确性和深入性，从而推动不同国家的文学文化顺畅交流。

一、系统功能语言学的简要介绍

　　系统功能语言学是通过对语言应用的相关内容入手，来对英美文学作品进行赏析，进而对英美文学作品的语言表达的规律、特征进行分析，得到文学作品语言表述的基本性质，从而深化文学作品赏析理解的全面性和准确性。系统功能学在英美文学赏析中的应用，是从多角度对文学作品语言表达进行分析，赏析的方法更加灵活与多样，作品分析的透彻性能够得以增强。相对于传统的英美文学赏析策略，从系统功能学入手，赏析的效果更好，赏析的难度也会显著降低。运用系统功能语言学对文学作品的语言进行分析，能够对其文学文化特点进行了解，因而在英美文学赏析中广泛应用系统功能语言学具有优势和必要性。

二、系统功能语言学视角下的英美文学赏析研究

（一）按照逻辑层次规律对文学作品进行赏析

　　由于系统功能语言学主要是通过语言表达方面对文学作品进行分析的，因而在文学作品语言赏析过程中，需要按照相应的规律顺序来开展赏析活动。

　　首先，对文学作品的编写方法进行赏析。文学作品在创作的过程中，会遵循一定的规律，例如，根据文章内容陈述事件过程的方法进行区分，文学作品的编写方法就包括正叙、插叙和倒叙等。根据叙述方式的不同，文学作品所呈现的效果就会存在显著的差异。在英美文学作品赏析的过程中，先通过作品中的词句表达，对文章重点词句进行提取，从而了解作品的大概轮廓，对语言陈述的情感、语气进行分析，对作品表达的内涵进行分析与理解。

其次，对文学作品中的文字功能进行赏析。文学作品也是一项艺术品，文字是文学作品的画笔，通过文字的表述能够呈现各种画面，能够讲述各种故事情节，这就是文字功能性的体现。文字的表达功能是有相应的规律和特点的，在英美文学作品赏析期间，要通过对作品中文字的运用来对文字功能进行赏析，从而深入理解文字所表述的含义以及所描绘的内容，对英美文学作品的文字应用规律进行掌握。

（二）英美文学作品赏析方法的合理运用

系统功能语言学视角下的英美文学赏析，先从整体角度对文学作品的内容进行赏析，然后再对细节性的句子、词汇进行赏析，从双重角度来对文学作品进行深入赏析，而在赏析过程中需要采用合理有效的赏析方法。

首先，对文学作品内容的赏析。根据文学作品的类型来对文学作品内容的表述进行赏析，根据文学作品类型确定内容情感表达的大致方向，然后根据文学内容表述来对作品表达的情感及创作价值进行赏析。例如，文学作品属于情感表达类，那么根据对文学内容的赏析，分析作者想要重点突出的情感元素，体会作者在创作期间的情感融入，从而进入更深层次的思考。对文学作品内容的赏析，是从整体的角度出发，对文学内容呈现的大框架进行梳理。

其次，对英美文学作品语句的赏析。文学作品的语言具有创作性和艺术性，若是单纯地将英美文学作品当中的词汇、语句翻译成汉语进行赏析，有可能导致汉语翻译的含义与原文有出入，这会影响英美文学作品的赏析效果。在句子赏析中，应从系统和功能这两个方面入手，既需要对句子中的动态词语进行赏析，了解其原文意思，同时也可以从文章中的角色关系入手进行赏析。根据对作品语句含义的分析，来对作品语言应用特点及文字功能进行赏析，从而通过对英美文学作品语言应用的分析，来对英美语言文化进行了解。

系统功能语言学在英美文学赏析当中的应用，能够有效强化英美文学作品赏析的深度和准确性。英美文学作品是英美文化的一种形式，对英美文学作品进行全面科学的赏析，对于了解英美文化具有重要意义。运用系统功能语言学，从语言功能、系统等角度对作品进行分析，能够促进赏析效果优化。

第二章 英美文学语言艺术

第一节 英美文学作品中英语语言的运用

分析英美文学作品中英语语言的应用，可以促使读者深入了解英语语言的特点和应用形式，并且在实际阅读的过程中，结合自身掌握的英语语言知识，更好地了解英美文学作品。

在阅读英美文学作品的过程中，英语语言占据重要的地位。依据丰富、经典的英语语言，可以有效展示作者想要表达的情感，提升文学作品的吸引力。为了让大家更好地研究英美文学作品，本节主要是对英美文学作品中英语语言的应用进行深入分析。

一、英美文学中的反讽艺术

（一）阐述性的反讽

有专家提出，阐述性语言行为在表达之前需要具备一定的基础，也就是说话者对所阐述命题的真实性做出应许。若是说话者不相信其表达的命题，却依旧用言语表达，那么就展现了一定的讽刺意味。

《傲慢与偏见》是简·奥斯汀的代表作，在文中的第一章中，作者貌似是实事求是，但读者却可以在其中发现淡淡的讽刺。"It is a truth universally acknowledged，that a single man in possession of a good fortune must be in want of a wife."这句话的意思是"凡是有钱的单身汉，总想娶位太太，这已经成为一条举世公认的真理"。在这句开场白中，作者借助反讽展现了当时的社会情境，以此为整体文章的发展奠定了有效的基础。"这是一条举世公认的真理"暗示小说是关于真理的讨论，而句子的正式陈述方式与其最终的意义之间的反差构成了反讽。这里所说的真理即是一个拥有财富的男人一定需要一位妻子，而句子实际隐含的意思却是一个没有财富的女子需要一位富裕的男子做丈夫。

（二）承诺性反讽

这是指说话的当事人依据一件事情多次对话，并且对这件事情进行承诺，但是交流双方因为彼此之间的认识，或者是对这件事情的了解，认为说话者并没有承担诺言的能力，或者是没有主动承担这一责任，那么这承诺也就成为反讽的代表。例如，《傲慢与偏见》中科林斯先生向伊莎贝拉求婚，但是却与另一个人成婚；彬格莱小姐为了掌握自己的至爱，而极力抵抗自己的情敌，但是却让自己的爱人对情敌产生了更多的兴趣；班纳特先生忽视了对女儿的管教，特别是对小女儿非常不关心，最后自己的小女儿与他人私奔，给了他应有的惩罚；威客汉姆的谎言让他自己的本性得以暴露；德·包尔夫人对伊丽莎白和达西的婚姻进行干涉，却激发了达西的希望，促使他们最后得以结合。

（三）指令性反讽

指令性行为就是让对方去做一件事，表达了说话者的愿望。依据当时对话的情境，若是倾听者觉得说话者的指令并不存在逻辑性，其可以依据一些联系从另一方面了解说话者表达的含义。因此，指令性反讽的效果也非常强大。例如，《傲慢与偏见》中，班纳特太太埋怨自己的丈夫没有去拜访彬格莱，最后却骂起了自己病弱咳嗽的女儿。在知道自己丈夫拜访彬格莱之后，班奈特太太非常高兴，而这时班奈特先生对着女儿说道"吉蒂，现在你可以放心大胆地咳嗽了"。此时，班奈特先生对女儿说的话就是一种指令性反讽。班奈特先生并不是让女儿真的咳嗽，而是在讽刺自己的太太。

二、英美文学中的象征艺术

（一）象征手法是文学语言中的基础特点

象征主要是依据现实存在的事物展现抽象的理念，有助于阅读者了解文学作品想要表达的情感和意义。例如，凯特·肖邦是 19 世纪美国最重要的女性作家之一，其代表作《觉醒》中女主角艾德娜是那一时期离经叛道的姑娘。她信奉爱情自由，坚信男女两性关系上的单一标准，追求自由、独立的价值取向，但是在她发现无法实现自我、无法摆脱社会约束的时候，她选择自杀，了结自己的一生，宁死也不愿意放弃自己，以死来维护对自由的向往。路易斯的死虽然没有女主角那样悲壮，但是在她的身上可以看到女主角的影子。以此，可以明确路易斯的死是因为过度悲伤而不是兴奋。作者想要表达自由是胜于爱情的，甚至于高过了生命。同时，这一故事也是对传统社会婚姻观念的无情批判，并且对新生命的出现抱有希望。这也是一种象征的展现形式。

（二）依据无形的形式展现象征手法

在很多英美文学作品中都有象征手法的应用，而无形展现这一手法可以让文学作品变得更为形象化。例如，每一种颜色都具有自己的象征意义，红色是热情的代表，蓝色是忧郁的展现，白色是和平、安静的代表。而在一些文学作品中也存在这一形式，如美国著名编剧、小说家菲茨杰拉德的代表作《了不起的盖茨比》，其中最大的特点就是将作品的结构与情境有效地结合到一起。对戴西的爱是盖茨比梦幻中的天堂，这种堂吉诃德式的幻象，虽然是天真的，却让人可以真正地感动，他对于理想的坚持以及对其的奉献让人们钦佩，文章展现了生活中理想的意义。在他守护戴西，害怕她受到伤害，想要为她遮风避雨的时候，他并不知道戴西已经背叛他了，并且默许丈夫将车祸的责任推到他身上，这就是黑暗社会的一种展现，富豪们的自私和贪婪是影响盖茨比梦想的最终因素。盖茨比的不幸，就是他在黑暗、腐烂、破灭中明白，在这个残忍的现实生活中，他的理想是那么的无力，他的努力也一直停留在过去。因此，他的爱情和他的灵魂一起随同肉体死去了。这样的故事是感人的，并且也是熟悉的，在各个时期、各种文学作品中都可以找到类似的人物。

第二节　语言学意象化的英美文学范式

语言学意象化是文学研究过程之中一种全新的方式，是文学研究过程之中不可缺少的重要组成部分。英美文学的意象化范式是研究世界文学的有效方式。本节对英美文学意象化范式的构建进行了分析，对英美文学意象化范式的解构以及升华两个方式进行诠释，为文学理论研究奠定了坚实的基础。

文学方面的研究是语言学意象化范式的提升，由于英美文学有着文化背景复杂的特点，语言学意象化为英美文学的研究提供了很好的参考意义。语言学意象化范式是研究英美文学的重要方法，同时也为英美文学的发展提供了新的方向。本节对英美文学意象化范式的构建进行研究，并且对其中的解构和升华进行了全面分析，为语言学意象化提供了很好的依据。

一、英美文学意象化范式的构建

（一）英美文学意象化范式的必然性

说到英美文学，一些英美文学的阅读者就会在自己脑海之中出现有关英美文学著作中的人物和场景，而不是一些比较抽象的语言符号，这些英美文学著作中的人物在阅读者的印象中有着不可磨灭的记忆。不管是语言学中的语义、语言以及语境，还是语言学范式和格式的转变，这些是语言学意象化的必然结果。即使是象征性的语言也需要意象的支持。事实上，更具象征性的语言需要更强大的图像支持，这就要求在语言的意象的协助下，形成符号语言的强大内部驱动力。所以，英美文学的意象化范式是对文学进行了发展和继承。

（二）英美文学意象化范式的完成

英美文学的范式化起源于库恩范式理论，随后在英美工业化时代之中采用物质进行支撑，还有后现代主义的精神进行支持，最终出现了英美文学意象化范式的双重准备，从而建立了二元化基础。最早在20世纪中期，美国学者马克·波斯特在自己作品《第二媒介时代》之中，首先提出英美文学意象范式的意象化符号，可以发现意象化符号高于语言学自身和语言学符号，这是文本意象上的最高境界，这是根据马克思主义的文艺研究范式进行发展的，并且还对马克思主义文艺范式进行了超越。

二、英美文学意象化范式的解构

（一）英美文学意象化范式的误解和错位

英美文学范式在发展过程之中经历了好几个过程，其中包括转变、整合以及发展等，最终出现了语言学意象化的完成。在阅读一些富有内涵的文章时，读者会被文章中主人公的遭遇以及情绪影响，这就是语言学意义上的错位。英美文学意象化范式中出现的错位就会让文学作品在艺术上出现时间和空间的限制，让读者在阅读之后出现一种思维上的错觉。文学作品的意象化范式还有引起误解的地方，这主要是因为语言的不同，这就是英美文学意象化范式中的误解和错位。

（二）英美文学意象化范式的传播和发展

英美文学的意象化将语言学角度中的现象进行表达，这就有可能将文学作品中所要表达的现象进行错位和误解。英美文学是以语言学意象化范式作为基础的，这样可以进行同分，还能进行异构，并且可以对文学的意象化进行很好的分析，从而将英美文学意象化范式进行很好的传播和发展。英美文学意象化范式将文学中的语境进行了提升，从而出现了强烈的文学语境。英美文学和其他国家的文学有着地区上的差异性。文学研究的角度比较广泛，语言学上的意象化只是文学中的一小部分，只有将英美文学意象化范式进行有效的传播和发展，这样才能将语言学意象化范式进行有效的展示。在英美的一些文学作品之中，主人公在面临困境的时候依旧不放弃对美好生活的热爱，在困境之中依旧乐观的特点，就是英美文学意象化范式的体现。

三、英美文学意象化范式的提升

（一）英美文学意象化范式的特点

英美文学和我国传统文学之间有着很大的区别，这些区别不仅体现在文字方面，还体现为不同民族之间的文化有着很大的不同。这就表明，文字需要有一定的开放性，还要具有一定的范式形象，将表达的事物意象化。

（二）英美文学意象化范式的语势和逻辑

英美文学的意象化范式大多数是将民族根源作为代表的，其象征性语言中的"象征"特征也成为图像驱动的共同基因，其中英美文学有着强烈的语言趋势和逻辑。从汉语的使用可以看出，汉语中的动词引导句并不常用，但在英美文学中，动词主导的句子比比皆是，尤其是在谓语前加助动词或前助动词。这是一种将意象引入英美文学的动态态度。与此同时，英美文学意象化有着很好的表现能力，它强有力的语言表达实际上是英美国家的世界观和方法论的外化，起源于英美文化。英美文学的意象化范式在表现上有着很强的逻辑性，使得语言文学有着很大的严谨性。

（三）英美文学意象化范式的提升和统一

英美文学意象化范式将文学上所描绘的语境进行有效的提升，从而出现了比较强势的文学语言势力。与此同时，英美文学在文化上有着很大的差异。很多国家和地区中的文化存在着差别，英美文学和其他国家和地区的文化有着非比寻常的差别。我们可以从中发现，文学研究有着范围广阔的特点，语言学意象化范式只是文学研究的冰山一角，只有在英美文学的影响和作用之下，才可以将现阶段的意象化范式进行有效的提升，从而将其提升到文学领域，这是英美文学进步的表现。英美文学有着一定的优点，能够将意象转化为意境，将意境转化为语势，而语势又能够成为一个领域，在这个领域之中形成范式。英美文学中包含着语言文学中的意象化，虽然语言自身的符号比较平淡，没有特别的地方，但是文学意象化却能够让文学具有一定的优势，这就是英美文学意象化范式的提升和统一。

英美文学是语言学意象化范式的基础，已经超越了马克思主义文学理论，是后现代文学中的一种新型产物。英美文学中的语言符号经过长时间的发展，已经逐渐发展成为意象化符号，这是英美文学意象化发展的必然方向。在英美文学发展过程之中，要对语境和地域进行充分的考虑，它们都是意象化范式前进过程中不可缺少的组成部分。

第三节　英美文学作品的语言运用及其关联性语境

随着时代的进步，全球范围内的国家逐渐加入了全球化建设这一进程之中，各国之间的经济、文化交流也因此加强。其中，英美文学作品就是当前我国语言学者、文学学者研究的一个重要文化领域。在研究中，学者们发现，英美文学作品与我国文学作品在语言运用上存在很大不同，并且，其关联性语境也存在着一定差异。因此，本节就对英美文学作品的语言运用以及其关联性语境的特殊性进行了简单分析。

所谓关联理论，就是指在创建故事背景、情节的过程中，作者为使自身所要表达的观念清晰地呈现在受众面前，利用对所创文学作品语境的处理来突出思维内容。而文学作品在经过作者语言技巧方面的独特处理后，就会使读者由自身判断能力、知识水平等构建出一个符合自身预期的语境。因此，在阅读文学作品的过程中，读者的阅读感悟就是对文学作品语境、语言进行重新建构的过程，英美文学作品亦是如此。

一、英美文学作品语言运用的关联性语境存在特殊性

在对英美文学作品中的语言运用进行探讨时，首先应当明确文学作品作为一种文体形式，其有别于其他学科。文学作品主要擅长在感性思维的视角下，利用艺术手段进行渲染，创建一个更加合理化的情境，使阅读者的思维、想法受到影响；而其他学科则与文学作品不同，其主要倚仗于理性思维，并在实用性的视角下，对生活中的事物进行客观分析，进而产生认知。由此可以看出，前者需要阅读者、学习者具有更强的感性思维，并在其中加入较多自身对艺术的感受，而后者则需要学习者在理性思维方面拥有一定的基础，并保证在不改

变事物客观形象、特征的前提下对事物产生认知。

在文学作品的创作中，作者需要结合自身经历、感受等，利用故事建构或语言描述的方式反映作者眼中的现实生活。在文学作品的建构中，作者需要利用一些更细节化的语言对作品中主人公的形象、想法、背景等进行描绘，并使阅读者在阅读过程中能够将自己充分代入其中，深入体会主人公的感受以及主人公如此作为的原因。因此，在阅读英美文学作品的过程中，应当充分体会其中语境，并做好对这一语境的分析，这也是阅读者能否把握文章主要内容的关键。

威廉·莎士比亚是文艺复兴时期英国一位伟大的戏剧家、诗人，其作品即便在今天仍有较强的影响力。如《威尼斯商人》就是一部较为经典的作品，其中主要歌颂了友谊、爱情与仁爱，反映了那一时期资产阶级与高利贷者之间存在的矛盾。这一戏剧的成功之处在于对夏洛克这一冷酷无情、唯利是图、自私自利的人物形象的塑造。在初次阅读《威尼斯商人》这部作品时，大部分人会为鲍西亚的机智、安东尼奥的善良所折服，并深深厌弃商人夏洛克的冷血无情。然而，结合时代背景，不难看出，夏洛克这一犹太商人的人物形象之所以深入人心，并非仅仅是由于这个人物自身存在的缺点，还由于这个人物作为犹太人，在当时的资产阶级社会背景中，处处遭人厌弃。即便夏洛克是一个善良的人，在那样一个充满种族歧视的社会中，他仍然很难成为一个像安东尼奥一样受人欢迎、受人尊重的人。

当在品读《威尼斯商人》这一戏剧作品时，很多人都会由于作品表面所表达出的"惩恶扬善"主题而拍手叫好，然而，莎翁作品所要表达的却远远不止于此。可以说，《威尼斯商人》之所以成为一部经典，是由于它其中饱含对人们内心深处的拷问，并警醒人们以辩证的角度去看待生活中的一切。而从语言的角度来看，莎翁在写每一位人物的语言时，都将其语言方式与文化背景充分融合，如夏洛克言语中对公爵的尊敬以及对商人安东尼奥的恶毒等，都是关联性语境在特殊性方面的具体表现。

二、对语境的不同理解

在文学作品的品读中，需要对文学作品的特定语境创设理解方式。目前，在英美文学作品的阅读赏析中，很多语言学家都曾发表过自己对于语境的观点，这些学者的观点不尽相同，甚至于南辕北辙。

一些语言学者认为，在文学作品中，语境是一种信息传播者与信息接收者共同具备的文化背景，它为倾听者对信息传播者所传输信息的理解提供基础，也就是说在这种文化背景下，倾听者会对信息产生怎样的解读，其语境思维会如何延伸、扩大。这种观点认为，通过思维的扩展，阅读者会对文学作品产生更加深刻的认知，尤其在对一些外国名著，如英美文学作品的品读中，这种方法会使阅读者产生更加直接的阅读感受。还有的学者则认为语言语境就是一种语言环境，也就是一种包括文化、社会背景在内的语言行为发生时的实际情况。在这种理念下，语言所表达出的含义与语境之间的关系颇为紧密，表现在文学作品中，即为同一个语句拥有较多不同的含义与表达方法。

基于文学作品的文字、语言、文化组成的特性，在语言语境的探究方面，其不单单指由文字创造的具象化场景，还包括以某一种文化为大背景的大型语境。语言语境一方面表现出了作品内所讲述的时代、社会背景，另一方面还表现出了上下文中所涉及的内容以及一些无法用言语所表达的环境。在英美文学作品中，阅读者可以充分了解上下文中所提到的故事背景，如事件发生的时间、人物、场地等，这种背景更加具象化。

迄今为止，无论是语言学者还是文学著作研究者，对语言语境这一概念的理解仍然没有完全达成统一，因此，笔者仅列举了以上几项观点作为例证对语言语境进行阐述。

三、关联性语境信息拓展

在利用语言进行语境构建中，可以充分发挥文学语言的关联性特点，并以此弥补整篇文章中存在的语境缺陷。在英美文学作品的品读中，这种语境缺陷弥补需要依据上下文关系、语法、词汇等因素决定，在缺陷弥补完成后，就可以由阅读者利用自身的创造性思维对其中的含义进行深入思考，进而获得其中的语言信息，形成对作品内容的"印象"。

如《贝奥武夫》这篇叙事长诗主要讲述了贝奥武夫的英雄事迹，其中歌颂了贝奥武夫英勇、果敢的品质。这首长诗的年代较为久远，其手抄本已经有了一定损坏。然而，经过语言学家的还原，这首长诗最终呈现出了其本来的样貌，这不仅仅归功于语言学者在语言、文化方面的深厚功底，还包括关联性语境在弥补上下文语境不足这方面发挥的作用。即便其已经有部分单词、句子发生损坏，且其中的语法与当今英语语法存在一定差异，但通过对其中其余部分语句、单词的解读，仍可以读懂这一作品的丰富内涵，并在心中建立起贝奥武夫这一人物形象。

从广义的角度来看，关联性语境在进行信息拓展的过程中，其中涉及了语境的构建，是社会文化语境的一种。从形态上来区分，这种语境属于一种可以发展、传播的社会文化形态，这种形态对阅读者的生活有着重要影响，包括人们衣食住行、生存生活在内的各个方面。在思想层面上，这种形态还涉及了人类的价值观、世界观、人生观。

作为西方文学中的重要组成部分之一，英美文学作品在文化方面与我国文化一样，同样具有育人作用，这些文学作品引领人们的思想走向更高的境界。英美文学作品中所创设的语境着重体现于"关联"二字之上，并且这种关联会帮助阅读者实现"内涵"与"表象"的结合。在英美文学作品中，关联性语境充分体现出了人类内部潜质、外部表质之间的关系，明白了这一点，对英美文学作品进行深入品读自然不再困难。

英美文学作品的素材来源于生活，但其作为一种艺术形式，要高于生活，因此，当其脱离生活正式成为一部文学艺术作品时，它往往要比生活中的各项事物和思想的层次更高。因此，无论是在文学作品的品读中，还是在英语语言知识的学习中，均应当注意其中所想要表达的真正内涵，并结合时代背景对作品的创作意义与作者想法进行深入探究，进而达成对作品赏析的目标。

总而言之，在进行文学作品品读时，为使作者的创作用意能直观地展现出来，读者应当对文学作品的文化背景、作者创作风格等进行深入了解，以期获得更多思想上的共鸣。而在品读英美文学作品时，读者不仅需要考虑英美文化背景，还应当充分关注其中的关联性语境，并以此为参考对作品进行深入分析，使作品内涵、作者想表达的含义充分展现出来。

第四节　跨文化角度下英美文学作品中的语言艺术

不同国家的文学作品都是其历史文化的再现，有着其自身独特的艺术魅力。文学作品通过精练的语言来塑造形象、传达情感、传递精神，而不同的文学作品所展现的方式也存在一定的差异。因此，本节将站在跨文化的角度下，抱着接纳和尊重的态度来对英美文学作品中的语言艺术进行简单分析，体验英美文学作品中的语言运用技巧，以期能够更深一步了解英美文化，提高自身的文化素养。

文化具有非常多变的特点，不同的民族有着不同的文化特征，人们很难根据自己的文化来定义其他民族的文化。跨文化是指采取包容和尊重的态度对那些与自己民族文化有着一定差异的文化现象予以接受。在历史文化演变和发展的过程中，有无数优秀的文学作品流传下来，这些文学作品涉及不同民族的语言艺术，而站在跨文化的角度来对这些作品的语言艺术进行深入分析是一个有着时代意义的课题，可以引导我们更多地包容和尊重他国文化。

一、如何站在跨文化视角欣赏英美作品中的语言艺术

（一）尊重文化之间的差异

站在跨文化视角来欣赏英美作品中的语言艺术，需要对"跨文化"有深入的了解。我国文化有自己的特色，而英美文化与我国文化有着非常大的差异，为了更好地理解英美文学作品中的语言艺术特色，那么就需要尊重不同文化之间的差异，包括民俗风情的差异、思想的差异、价值观的差异、历史的差异、生活的差异等。比如，我国认为"个人主义"是一个贬义词，代表着自私自利，而英美国家则认为"个人主义"是一个美好的词汇，很多英美文学作品中强调个人主义、崇尚个人主义，甚至认为其是民主的代表。基于上述差异，在欣赏英美文学作品中的语言艺术的时候，必须要先尊重文化之间的差异，然后才能对其语言艺术有更进一步的了解。

（二）交际性和实用性并重

在跨文化视角下，对英美文学作品中语言艺术的研究需要充分接受客观事实，注重交际性的同时也注重实用性，加深对文学作品的认识。在实际情况中，交际性可以看成是实用性的延伸，而语言是交际的主要手段和载体，只有自身的交际能力提升了，才能够对英美文学作品中的内容有基本的认识和进一步的解读，实现文化之间的渗透和互通。

二、英美文学作品的语言艺术之源

任何一个国家的文化都不是凭空产生的，任何一个文学作品也都有自己独特的背景和发展历程。英美文学作品及其语言艺术与我国有着很大差别，我国文学作品语言艺术来源于几千年历史文化的积淀，而英美文学作品语言艺术则更多地来源于古希腊、古罗马的神话故事，还有意义深远的文学巨著《圣经》。

（一）古希腊和古罗马神话故事中的语言艺术

英美文学作品中的语言艺术很多都来源于古希腊以及古罗马的神话故事，甚至很多英美文学作品会直接引用。莎士比亚等著名文学大师也都在其作品中使用了古希腊和古罗马神话故事。此外，古希腊以及古罗马神话故事在刻画人

物形象、性格等方面都有着一定的特点，习惯将人物"完美化"，习惯借助语言来凸显高贵的品格、乐观主义、英雄品质、自然美等，而英美文学作品则是借鉴神话故事来将以上内容表达得淋漓尽致。

（二）《圣经》中的语言艺术

《圣经》是一部文学巨作，对人类政治、经济以及文化的发展有着重要的影响，是英美作品语言艺术的主要来源之一。在英美作品中，对《圣经》的引用主要分为三种方式，第一种是将《圣经》中的典故直接引用到文学作品中，第二种是将《圣经》典故中的寓意直接应用到文学作品中，第三种是将《圣经》中的某种精神思想渗透到文学作品中去，并通过精练的语言让文学作品更具感染力。

三、英美文学作品的语言艺术特点

（一）引用经典

在英美文学作品中，多方面引用经典是其语言艺术特点之一，通过简单的语言折射出耐人寻味的人生哲理和内涵。比如，在一部文学作品中，作者会使用一个人名、一个特殊词汇等，虽然看上去很普通，但是在其背后却隐藏着耐人寻味的故事和寓意，如果读者不知道其原本的意思，那么就不会读懂作者所要表达的内容。特别是在原著经典中的寓意，一些作者会直接搬用到文学作品中，这样不仅增加了作品的艺术性，同时也提高了作品的欣赏价值和整体内涵。

（二）源于现实而高于现实

英美文学作品中的语言艺术特点有很多都是源于现实而高于现实的，不同的英美文学作品语言特点是与其所在的社会文化背景紧紧联系到一起的，更多地反映出作者对社会、生命、价值、人生等方面的体验和感悟。由于英美文学所处的社会背景和环境较为多变，因此，其文学作品的语言艺术风格也是非常丰富的，表现力较为多元化。很多作者都会在文学作品中融入更多生活内涵，并通过艺术的形式展现出来，包含了更多主观性色彩较浓的内容和情感因素，给人们灵魂以震撼，因此，才会说英美文学作品的语言艺术特点是源于现实而高于现实的。

四、英美文学作品的语言表达方式

英美文学作品的语言表达形式通常有其独特的风格，或是诙谐幽默，或是活泼生动，或是畅快明了，不同的作者有着不同的表达方式，笔者总结了以下几种常见的表达方式。

（一）押韵

押韵是英美文学作品中较为常见的表达方式，特别是在诗歌中，其使用频率较高，很多诗歌中的韵脚都是为诗歌结构而服务的。在文学作品中使用押韵的表达手法，不仅能够使得诗歌读起来意境绵长，同时也可使其回味无穷，往往能够将作者所要传达的内容更加自然、生动地表达出来，打动读者的心灵。此外，诗体小说中也会有适当的押韵表达手法出现，这样往往能够使语言更具乐感，更加生动地展现人物的心态和事物发展的进程。比如，埃德蒙·斯宾塞的代表作《仙后》，由于斯宾塞是一个注重美感和韵律的人，因此，其在诗歌《仙后》中非常注重韵律，为了韵脚而修改了部分词汇，甚至用自己发明的诗节来写，为的就是突出罕见的美感和完美的韵律，给人以奇妙的想象。在其诗歌中，斯宾塞还大量使用了有特色的语言模式和古老的词汇，不仅为诗歌增加了一定的乡土气息，同时也让诗歌更加押韵。

（二）比喻

比喻这种表现手法是英美文学作品中较为常见的语言艺术。在英美文学作品中，很多作者都会在自己的作品中使用比喻手法，使作品具有非常强烈的立体感。比喻手法可以带人走进一定的场景，构思出一幅幅美妙且立体的画面，反过来，完整的画面也能够帮助人们理解文学作品所要传达的思想情感，身临其境地"走进"文学作品中，这也就形成了文学作品的一种语言表达手法——松散的象喻。借助松散的象喻，作者可以将抽象的事物具象化、刻画人物复杂的内心世界、描写人物生动的性格特征，让文学作品在凸显艺术性的同时也能够通俗可感，与读者的心灵遥相呼应。比如，莎士比亚在《哈姆雷特》中曾大量运用松散的象喻来刻画哈姆雷特的人物特征以及描绘其复杂的内心世界，给人们留下了深刻的印象。

（三）戏剧性独白

除了上述两种方式之外，戏剧性独白也是较为常见的语言艺术表现手法之一。戏剧性独白主要是指作者不再单纯地进行描述，而是"退居幕后"，以第一人称的口吻来进行故事的叙述，将作者自身的思想通过作品中的人物直观地表达出来。从戏剧性独白的本质上来看，其更加注重"戏剧"以及"独白"，注重的是对故事情节的把握，具有非常明显的客观性、突出性。在实际情况中，戏剧性独白通常在抒情诗、信体诗以及怨诗中使用。其中，戏剧性独白在抒情诗中的应用注重突出说话人物的情感，抒情是主色调，可以使情感表达更加真实具体；戏剧性独白在信体诗中的应用则注重细腻的情感，通过"我"来代替作者抒发情感，如《爱罗莎至亚贝拉的信》中，用戏剧性独白描写了诗人与爱罗莎的距离，更好地突出了作者的情感；戏剧性独白在怨诗中的应用为作者情感的渲染提供了更好的方式，具有代表性的是《王公们的败落》，以王公贵族对自身事迹和经历的陈述来抒发情感，从而达到"以史为鉴"的目的。

综上所述，英美文化同我国文化一样，都是博大精深的。为了更好地与世界共同进步和发展，我们应当要站在跨文化的角度下、站在尊重文化和包容文化的角度下来对英美文学作品进行了解和赏析，对其语言的艺术之源、语言特点以及语言的表达形式进行全面了解，汲取英美文学作品的精华，以此来促进我国文化与世界文化的接轨和共同发展。

第五节　系统功能语言学视角下的英美文学

随着时代的发展，世界逐渐连成一个整体，国与国之间的交流越来越多，国与国之间的距离也越来越近。随着文化交流的深入，学习和研究外国文化的语言和文化的学者越来越多。学习外国的先进文化，了解不同于我们国家的文化，有助于开拓学生们的视野，使他们更好地了解这个世界。本节主要讲述了对于英美文学的赏析，并且对英美文学的赏析主要是在系统功能语言学的角度下进行的。

根据系统功能语言学的观点，有人认为，语言可以被看作一个系统的语义的网络，其主要是用来表达相关的概念，用于人与人之间的交往和用语言的谋篇的功能来表达深层次的含义。要实现语言的交际功能，不是单单通过简单的词语或者句子就可以实现的，而是需要在某一个特定的环境下，有一系列完整的语句来完成语言的交际功能。我们从系统功能语言学的角度下来赏析英美文学作品，来分析英美文学作品中优美的词句，分析作者通过语言来表达深层次的含义，分析文章中深刻的蕴意。用系统功能语言学的观点，来深度挖掘英美文学的内在深意，这是一个非常好的赏析英美文学作品的角度。

一、系统功能语言学理论的概况

系统功能语言学理论中最早提出"系统（system）"这一概念的人是弗斯。弗斯认为语篇是一种纵聚合关系和横组合关系的结合。语篇是这两种关系相互作用的结果，这种结果称为"系统"，两者的关系称为"结构"（structure）。弗斯的理论由韩礼德深入发展成为系统化的语法。韩礼德与弗斯虽说共同发展了系统功能语言学，但是两者持有不同的观点，弗斯的理论侧重于横组合的关系，韩礼德则侧重于纵聚合的关系。由于这两者之间不同的理论的侧重点，让语言系统有了多项的选择，因此，从本质上看语言系统具有或然性。语言系统的纵聚合的关系决定了其本质，不同语法系统之间的差异性影响了人们在实际生活中的运用。举个例子，同样都是走路的意思，人们选择可以多用 stroll，少用 walk；在表达意思时，可以多用否定句，少用肯定句。但是实际上，用 walk 来表示走路意思的较多，用肯定句的较多。因此，我们还可以认为语言系统受到其他的特性影响，丰富了语言系统的或然性，使得语言系统具有了条件性。用这样的理论来分析英美文学，可以更好地理解作者的深层含义。因此，用系统功能语言学来赏析英美文学，有了一个更好的角度体会英语的美。

二、在系统功能语言学理论的角度下赏析英美文学的过程

用系统功能语言学的理论来赏析英美文学，主要赏析为什么要选用这样的词语来表达这个情感，用这样的表达方式具有怎么样的效果和作用，这些才是系统功能语言学理论的主要研究对象。

要用系统功能语言学的理论来赏析英美文学作品，第一步就是要思考作者是如何表达出文章的中心思想的，以及为什么要选择这样的方式来表达出文章的主旨。进行这一步就需要结合文章作品的解读和语法功能的分析，先要找到文章大体的结构，找出表达中心意思的段落，再从语法的角度来分析中心意思的表达，这两者相结合能够使读者更加清晰地读懂作者的意图和作者写文章的手法。要想明白一部英美文学作品的现实表达，是需要三项语义的功能来完成的。这三项语义功能分别是概念功能、语言的人际功能和语篇功能。概念功能主要指的是语言有助于人们在生活和生产活动中的表达，概念功能又可以称为经验功能。语言的人际功能主要指的是用语言来表达出语言运用者的身份、地位、目的、状态等，这些内容的表达有助于维系语言使用者的社会关系。语篇功能主要指的是用语言来对整篇文章进行表达的功能，用语言来阐述整篇文章的内容。同样，从语法的角度看，语篇功能是主谓结构和衔接结构。

对英美文学的作品进行功能语言学的分析，最终目的是通过功能语言学的理论来帮助学生更好地分析和理解英美文学作品中作者要表达的更深层次的含义和作者营造的文学意境中的内在意蕴，这个也是用系统功能语言学的理论分析文学作品的第二步需要做的事情。每一篇英美文学作品中，都会描述出一个语境，作者真正想要表达的意思主要就潜藏在这些语境中。但同时，文学作品也会受制于语境的表达方式。因此，用系统功能语言学的理论来分析文学作品，有助于我们对文学作品深层次的理解，挖掘出作者想要表达的真正意义。

在进行具体的作品分析时，首先分析的应该是文中的小句。在系统功能语言学的角度上看，小句是语法系统中的基本单位，复杂句子的组成离不开小句，从小句来进行分析可以更好地体现语言系统中的三个功能。因此，在赏析英美文学作品时，首要的任务便是分析文章中的小句，先从作品主要的概念入手，来分析以动词为中心的过程，通过了解这些过程以及伴随的动作来知晓作者是如何展开文章的。从分析作品的人际关系的角度看，每一小句都是可以呈现出文章中的人际关系的，每一个小句都组成了构成句子的有机结构。

三、以《仲夏夜之梦》为例进行系统功能语言学视角下的英美文学赏析

从系统功能语言学的角度来看，任何方式的选择都有其存在的实际意义。笔者以英美文学中的经典《仲夏夜之梦》为例，对其进行系统功能语言学视角下的结构分析，以此来更好地阐述具体的赏析过程。《仲夏夜之梦》是以两对恋人的出逃为故事背景展开的，主要讲述了两对恋人为了对抗非常荒谬的法律条文，而决定逃跑。在逃往森林的过程中，意外地卷入了精灵们的纷争，同时也是因为精灵们的加入，使得这两对恋人的恋爱对象混淆了，在一阵慌乱之后，最终恢复了和谐与理智。这个故事也可以分为三个部分：开始逃亡；遇见精灵；恢复平静。

从系统功能语言学的角度来分析《仲夏夜之梦》，可以将系统功能语言学理论中的概念功能与人物形象功能结合起来进行分析。在系统功能语言学的理论下，概念功能主要指的是语言对于人们在客观世界和主观世界中的经历的表述，可以反映人们自己亲身经历和从间接方面知道的事情。而我们的客观世界与主观世界所发生的事都离不开地点、人物和时间。因此，从这里我们可以看出，系统功能语言学理论是赏析英美文学作品的一个有力的工具，因为存在于作品中的人物是一定会处于特定的社会环境下的，这样就会与周围的环境产生语言

的交流，也会产生一定的心理活动。因此，人物形象的活动肯定是在某一特定环境中发生的，这样人物的形象才会丰满。

综上所述，用系统功能语言学的理论来赏析英美文学的作品，给人们赏析英美文学作品提供了新的角度和方向，更有助于读者对作者真实意图的赏析，更容易读懂作者的深层含义。

第六节　英美文学作品的语言美探究

英美文学是世界文学的重要组成部分，特别是在资本主义发展上升时期对世界文学的发展做出了不可磨灭的贡献。时至今日，研究英美文学已经成为跨文化交际、比较文学发展等多学科多领域发展不可或缺的重要课题。本节首先阐述了英美文学作品语言美的三个具体体现，然后就英美文学作品语言美探究的原则与方法进行了论述。

一、英美文学作品语言美的具体体现

英美文学领域中经典著作数不胜数，众多的经典作品都集中体现出语言艺术的魅力。语言美是艺术美的重要分类之一，文学作品的语言美集中反映在语言叙述、写作技巧以及主题情节的安排上，以增强人物、主题思想以及作品的生动性、准确性及韵律感。具体到英美文学作品中，其主要体现在以下几方面。

（一）戏剧性独白的运用

戏剧性独白的语言运用是英美文学作品中使用最多的写作手法。所谓戏剧性独白，即把作品人物以及创作者的内心独白通过语言独白的方式展现出来并加以区分。戏剧性独白的使用，既能够帮助读者更加真实、清楚、客观地了解作者的观点，也能够更加明晰作品中人物的情感发展。与此同时，戏剧性独白的使用能够增强读者的阅读思辨思维，进一步构建起作品的多维性。研究者通常认为 1857 年诗人索恩伯里的《骑士与圆颅党人之歌》是戏剧性独白的源头，直到 19 世纪中后期丁尼生的作品《六十年后的洛克斯勒大厅》对于戏剧性独白的使用使得这种写作手法和语言特征显示出了独特的艺术魅力。

（二）多样写作手法的使用

在众多的英美文学作品中多样写作手法的使用特别多见，比如隐喻、反讽、自嘲、象征风格等都是较为常用的文学写作手法。多样写作手法的使用，既能够使叙述语言呈现出美感，又能够使作品中的人物性格、心理刻画等更加生动形象，更具感染力。以 19 世纪美国浪漫主义作家霍桑的长篇小说《红字》为例，作品中较多地使用了象征手法、隐喻手法以及讽刺手法。比如《红字》中森林的意象，把森林与现实社会鲜明地对比起来。再比如《红字》中故事情节的安排，本来善良、勇敢、具有反抗精神的主人公白兰却站在了绞刑架下接受审判，这种反讽的创作手法的使用更能够深刻地揭示当时泯灭和扼杀人性的黑暗社会状况。

（三）多引经据典

经典是在历史的发展过程中通过历史积淀，由人民群众总结出来的智慧结晶。经典是人们共同价值、情感的集中体现，其语言特点在于经典文化认同性、蕴含的哲理性以及语言上的简洁性。英美文学作品较多地使用了引经据典这种写作手法，通过对经典片段、词汇的引用和概括性的使用，使得文学作品的语言更加具有简洁性和哲理性。

二、英美文学作品语言美探究的策略与原则

（一）运用好关于英美文学的艺术理论总结

关于英美文学作品语言美的探究首先需要明确英美文学的发展历程，运用好英美文学的艺术理论，牢牢抓住不同时期不同社会特征下英美文学的写作特点。古希腊罗马神话是英美文学作品语言艺术的源泉，英美文学作品注重人物刻画，而彰显人性价值的写作特征正是源于古希腊罗马神话的创作艺术倾向。

与此同时，基督文化的兴起更是对英美文学的文学意识发展产生了较大的影响。此外，从跨文学角度思考英美文学发展是探究英美文学作品语言艺术风格变迁的关键，比如美国文学源于英国文学并受英国文学的影响，直到 19 世纪以后美国文学才形成了自身较为独立的文学体系。

（二）英美文学作品语言美探究的原则

关于英美文学作品语言美的探究需要坚持跨文化交际的研究原则。英美文学作品语言艺术源于现实生活，任何文学作品的写作都是源于现实而又高于现实的艺术表达以及情感表达。因此，在英美文学作品语言美的探究过程中既要遵循跨文化交际的原则，以"他我"沉浸在文学作品的阅读中，又要以"本我"的态度审视英美文学的语言表达，这样才能够更加客观、全面、真实地反映出英美文学语言美的价值。

此外，要把英美文学作品置于当时的创作年代，结合当时具体的社会特征才能够更加理解作者的创作心理、创作目的以及创作情感，才能够更加深刻地认识到作品中关于人物性格、情感以及故事情节的铺垫、叙述等语言艺术的使用。对此，我们要不断提高自身的文学欣赏能力以及语言审美能力。

在跨文化视域下，我们要不断关注英美文学作品的语言艺术，感受美、欣赏美，透过语言来更好地理解作品，从而进一步理解英美文学的发展状况和社会的进步历程。

第七节　英美文学作品中的模糊语言

本节略谈英美文学作品中的模糊语言，首先对文学作品中模糊语言的价值做出阐述，然后分析英美文学作品中的模糊语言。

一、文学作品中的模糊语言的价值

文学就是人学，就是一门特殊的语言艺术。语言文字是人类最伟大的发明之一，也是文学最重要的属性，是文学的灵魂。模糊语言是一种颇有魅力的艺术，它是一种弹性的语言，从表面上来看，模糊语言没有指定性，它的外延不确定，其高超之处在于具有广泛的概括性；其表现力强，可以根据读者的不同而产生出不同的理解与意境。模糊语言的灵活性，远非精确语言所能相比，有关人员对模糊语言进行具体分析，认为它是语言学兴起的分支。古今中外很多学者都高度宣扬模糊语言的艺术性，不仅仅在文学方面，在其他领域，模糊语言也得到了大量的应用，它客观地广泛存在于人类生活的方方面面。模糊语言成为一门新兴的学科，引发了更多的人对它进行深层的研究。著名学者刘再复认为，科学和文学是不同的，科学表达的是对自然界客观规律的认识，凭借的是数字和抽象概念，而文学凭借文字艺术来表现思维以及画面，使得后者在读者脑海中浮现与演绎。通过艺术语言的描述，我们不仅能够了解到作者的字面用意，更能够通过我们自己的思考联想，深刻地理解到作者的内心深处所要表达的意图。模糊语言运用得当，巧妙而独特，简洁而智慧，精湛而灵动，让读者掩卷深思；模糊语言往往超越于文字之外，让自己的思维在想象的空间自由翱翔。模糊语言在很大程度上拓展了读者的想象空间，由于模糊语言的存在，文学作品增加了朦胧美，审美价值加大，表现了作者对特殊的语言文字的驾驭能力，更加耐人寻味。

二、英美文学作品中的模糊语言

（一）模糊语言的表现形式

模糊语言的表现形式很多，一般有模糊词语、模糊语句、模糊段落与模糊修辞几种。在生活中，我们不想把语言说得那么绝对，以免自己没有回旋的余地，或者自己不能准确地表达事实数据，于是就使用了一个大概的词语、数字或者语句，免得和事实有相当大的距离而显得不负责任。在外交语言中，模糊语言运用得更为广泛，正确使用一定程度的变动语和范围变动语，让语言变得含蓄委婉，避免言辞武断；模糊语言让言辞恰当、不失礼节，得以顺利实现交际目的。用在文学当中，模糊语言的表达效果得以增强，提升了文字的表现力，让文学形象更加丰满生动，使得寓意更为深刻丰富。

（二）接受与重塑

阅读作品是一种接受过程，同时也是对作家模糊思维的重塑。也就是在阅读的时候，读者加上了自己的思考与理解，这就是文学语言的模糊性阅读效果。每一位读者的理解是不同的，这一遍的阅读和下一遍的阅读也可能不同，每一次的阅读可能都是一次新的微妙变化，都是一次不同的情感体验。在英美文学中，模糊语言被广泛使用，例如在《老人与海》这本小说中，海明威在运用形容词时，很巧妙地使用了一些模糊词语，从而使这部作品的描绘意境更有感染力，我们看下边的描写：

"The clouds over the land now rose like mountains and the coast was only a long green line with the gray blue hills behind it. The water was a dark blue now，so dark that it was almost purple."

这段简单的描述，只是几笔勾勒，却给读者呈现出了一幅丰富多彩的画面，几个简单的词汇"green line""gray blue hills""dark blue""purple"使表述清晰，但是整体来看，由于要联系具体景色去体会，那些颜色深浅和明暗的程度又是不能肯定的，每一个读者都有自己的想象，也正是因为这种不确定的描写，才使每一个读者都有不同的审美体验，呈现在他们面前的是不同的画面，每一个读者感受到的是不同的美。在翻译作品的过程中，翻译者常常运用意识流的语句，而模糊语句就大量出现在这些语句当中。在一些小说当中，一些人物的自言自语也会出现大量的意识流语句，人物对外界做出的反应是即时的，表现了人物错综复杂的心态。这些意识流语句缺乏严谨的组织与构思，不讲究构词与装饰，如"The line went out，out，out，but it was slowing now and he was making the fish earn each inch of it."（钓索朝外溜着，溜着，溜着，不过这时越来越慢了，他正在让鱼每拖走一英寸都得付出代价）；三个"out"，会让读者产生惊魂动魄的感觉，好像一副精彩的画面展现在自己的面前，渔线在被"嗖、嗖、嗖"地快速拖动，体重一千五百磅的大马林鱼雄壮有力，拽的渔线左右摇摆嗖嗖作响，这可以说是一场生死不斗，老人志在必得、不遗余力；大马林鱼为了逃命也表现出全力以赴、势不可挡，三个"out"的连用让我们打开了想象的空间，犹如身临其境，感受到两个生命的生死搏斗、命悬一线，作者用词并不是十分准确，但正因为如此而表现出的情节更是扣人心弦，给读者别样的感受。

（三）模糊语句有超强的表现力

假如在很多应该使用模糊语句的情况下，作者使用了十分精确的语言，反而会成为作品的瑕疵。模糊的语句对于文学作品来说，是精彩之笔，就像老人的自说自话、对往事的回忆以及在梦境中的混沌状态，包括他和鱼较量时一系列的心理活动，都是老人知觉过程的对外的传达与表现，向我们展现了一个为了生活而顽强拼搏的老人。他是一个普通的小人物，又是一个不屈不挠的英雄，揭示了"可以被毁灭，但不能被打败与征服；可以死亡，但是不能低头和畏惧"这一主题。"After that he began to dream of the long yellow beach and he saw the first of the lions come down onto it in the early dark and then the other lions came and he rested his chin on the wood of the bows where the ship lay anchored with the evening off-shore breeze and he waited to see if there would be more lions and he was happy."（自此他梦中看见那道很长的黄色海滩，目睹头狮在黄昏到达，尔后其他狮子也尾随而至，于是他船头的木板支着下巴，船抛下了锚滞留，晚风徐徐，海波荡漾，他等着，看有没有更多的狮子来到，他深感欣慰。）在这段对梦境的描写当中，狮子象征着勇敢、坚强和活力，它给了老人信心和愉悦。这段描述一气呵成，中间没有停顿和标点，按照正规的描写是不合乎语法规律的，让人乍看上去有一些颠三倒四、语无伦次，但这种意识流小说的特点，恰恰展现了主人公当时的情景状态。老人对生命的追求，对美好生活的期盼，老人对"无畏、顽强、果敢"精神的渴望，他希望在梦境当中的狮子身上汲取勇气，把狮子的力量转化为自己的力量，从而能够去挑战极限，忍受创伤，战胜疲劳和痛苦，击败大马林鱼。

综上所述，模糊语言的存在不仅使文学作品平添了一种特色美，还使作品的内涵和深意得到延伸，使得作品具有了朦胧感，提升了作品的审美价值；模糊语言是对文学作品的美化，是画龙点睛之笔，更是作家升华作品的主要手段。

第八节　英美文学语言的审美性和艺术性

英美文学作为当今世界文学领域的重要组成部分，对于引领世界文学发展潮流、创新文学形式等方面有重要的帮助作用。英美文学语言作为英美文学的重要组成部分，对其进行语言特色、语言艺术与审美、语言背景等方面的研究是十分必要的。本节将重点从英美文学语言艺术的源头进行研究，把握英美文学语言的特点及艺术性体现，并分析其独特的社会渊源，进而准确地把握英美文学语言的内涵，加深对于英美文学的认识。

一、英美文学语言艺术的源头及发展情况

英美文学的产生及发展有着深刻的社会渊源，其漫长的历史可以追溯到《圣经》和古希腊罗马神话传说。纵观英美文学，它们最早就来源于古希伯来的基督文化和古希腊罗马的神话传说。《圣经》在阐述基本的教义之外，还广泛地渗透到文学作品中去，其中不仅仅有圣经故事的呈现，还有作者与圣经思想的融合，体现出较强的宗教性和文学性。而古希腊罗马神话传说作为西方文化的根基，融汇了文学、绘画等多种艺术形式，通过独特的语言表达技巧塑造了一个又一个传奇故事，这就为英美文学的发展提供了活灵活现的素材，为文学作品本身增添了较为丰富的内容，同时也加深了作品的思想性。可以说，它们就是英美文学的源头，对于以后英美文学的发展有重要的促进意义和参考价值。

（一）圣经教义在英美文学中的体现

《圣经》不仅仅是宗教读物，同时还融合了各方面的内容，对于文化、历史、艺术、哲学等多方面都有涉及和体现。从《约伯记》到《启示录》的完成，经历了 1600 年的时间，其中作者的数量达到四十人之多，这些势必会加大作品本身的丰富性。《圣经》是古希伯来各路文化的融合汇总，更是基督文化的精神支柱和文化结晶。在《圣经》完成之后，其中的内容被广泛地运用到文学作品中，加上它本身浓厚的宗教性，对于作家、诗人的思想和情感也有很大的影响。比如长诗《贝奥武夫》中提及了上帝，而且对妖怪格兰代尔的渊源也做了介绍，这些都直接取自《旧约全书·创世纪》；约翰·班扬的《天路历程》，从始至终都渗透着基督教义，就连布满灰尘的客厅都有其特有的象征意义；浪漫诗人拜伦的《希伯来歌曲》利用《圣经》中的题材来诉说着自己的情怀。《圣经》教义在文学作品中的渗透加深了语言的思想性和文学特色。

（二）古希腊罗马文化的渗入

古希腊罗马文化是欧洲历史发展过程中的一朵闪耀的奇葩。其丰富的内容、鲜明的人物特征、离奇曲折的故事情节，让其本身具有更大的可读性。斯芬克斯之谜、俄狄浦斯弑父娶母、伊阿宋盗取金羊毛、潘多拉打开魔盒等故事已经家喻户晓，成为流传千古的神话故事，其中涉及宗教、哲学、思想、科学等诸多内容。这些完整的故事情节被广泛地运用到文学作品的创造中去，给英美文学的发展提供了有效的支撑。古希腊三大著名悲剧作家埃斯库罗斯、索福克勒斯、欧里庇得斯的作品中都有古希腊神话的影子。古希腊罗马神话注重刻画人物的形象、个性，同时追求人物的完美，这在文学作品中都有体现，也正是这个相同之处，才造就了英美文学作品的主旨——追求自然和谐之美，强调个人英雄主义和追求自我的乐观主义精神。从当代的英美文学作品来看，作品本身的魔幻性和神话特色，其实都是继承了古希腊罗马神话的影子。

二、英美文学语言特点分析

（一）语言取向：语言凸显较强的社会性

研究英美文学语言的特点，可以从语言的取向上来进行把握和分析，可以看出语言背后较强的社会性。不管是语言的内容还是语言的风格，都与当时的社会背景有着紧密的联系。就拿古希腊罗马文化来说，尽管这是被"神话"的传说，但是它也有广泛的社会根基，那就是崇尚个人英雄主义的社会心态的重要体现。此外，社会局势的安定与否，在很大程度上关系到文学作品语言基调的明朗性及情感表达的方式，总而言之，文学作为社会现实的产物，决定了语言的构建也具有很强的社会性。

（二）语言功能：强调艺术性与实用性并重

从英美文学的语言功能上来说，其强调艺术性与实用性相统一的原则，这是所有作品语言的共同体现。从个人心理来说，英美国家的人们强调个人主义、完美主义，特别是在文学创作中更加强调个人情感和思想的表达，因此在语言的构造上更加注意个人风格的塑造以及语言技巧的使用，这体现为很强的艺术性。从社会心理角度来讲，英美文学作品都是对于社会现实的反映，具有较强的社会指向性，加上个人英雄主义情感的作用，其作者更加关注社会现实，因此在语言的构造和使用上注重实用性和交际性。正是艺术性和实用性的共同体现，才使得英美文学语言更加具有魅力，打破了纯粹的语言形式，具有多方面的指向性——文学性、思想性、艺术性等，实现了语言本身的突破，这势必会进一步促进英美文学作品的发展和传承。

三、英美文学语言艺术特色及审美性分析

（一）源于现实而又高于现实

英美文学在语言的使用上，是源于现实又高于现实的，这几乎在所有的文学艺术作品中都有所体现，对于英美文学来说也不例外。例如，《傲慢与偏见》借助于对婚姻问题的讲述，以"法规与原则""人情与爱"等问题为基础，深刻揭示了 18 世纪末到 19 世纪初处于保守和闭塞状态下的英国乡镇生活和世态人情。从中可以看出，英美文学在创作的时候，具有较强的现实性，必须要以现实作为依托；同时，作为一种艺术形式，文学作品也会通过合理地语言夸张和语言技巧的使用，让作品达到高于现实的效果，对于主题的表达有很强的促进作用。

（二）戏剧性独白，拉大想象空间

在文学作品中加入戏剧性独白也是英美文学艺术特色的重要体现，极大地拓展了作品的想象空间。戏剧性独白最早出现于 1857 年，诗人索恩伯里在著作《骑士与圆颅党人之歌》中的部分诗歌被称作"戏剧性独白"。例如，在罗伯特·彭斯的著作《威力神父的祷告》中，不光能听到主人公的声音，还可以隐约听到作者对主人公的评价，虽然评价不具备权威性，但给作品留下了想象空间。这种独特的语言表达形式，能够使人站在客观的角度上来审视作品，从而引人遐想，给人足够的空间来感悟作品。这种表述方式对于中国文学也产生了较大的影响，开创了文学新形式，对于文学艺术的推进和发展有着至关重要的作用。

（三）引经据典，实现作品内涵的传承性

透视英美文学作品，不难发现其另一个特点，那就是引经据典。通过借用传统神话、小说中的意象，来阐明道理和意义，增加了作品的内容，同时也让作品本身更加具有传承性。比如希腊英雄阿喀琉斯的"Achilles' heels"，表示"要害部位、致命的弱点"的意思，这一俗语在以后的很多文学作品中都有显现。这样一来，在解析文学作品的时候，往往能够根据特定的内容来了解其背后更多的历史故事，这不仅仅是对作品内容的丰富，同时也加大了作品的思想内涵，实现了文学作品内涵的传承。

（四）陌生化的语言造就美感

陌生化的语言是英美文学语言的重要特色。语言的陌生化是语言的创新，对于语言的发展和进步都有重要的促进作用。同时，从美学的角度出发，语言的陌生化通过措辞、语气方式、语言结构的改变，带给人较强的可感性，增强了画面感，彰显了语言的魅力，让读者能够沉浸到具体的文学情境中去，这对于实现语言的建构和传承有着重要的促进作用。特别是在文学后现代化发展过程中，语言的陌生化与碎片化的表述方式有相通的地方，这在很大程度上革新了语言表达形式，让语言与美学有机地结合在一起，提升了语言的表现力，对于文学语言的进一步发展有重要的指示意义。

（五）理性思维下的哲学精神

英美国家的文学作品传达给读者的不仅仅是情感，同时还有高度理性的哲学精神，这不仅仅与作者的思想深度有关系，同时也与社会现实达成了普遍的一致性。以贝娄的作品《更多的人死于心碎》为例来说明，这篇小说中"对话"的哲学思想以及人物关系的转换成为贯穿全文的重要思想基础，肯尼斯与舅舅之间的"我""你"关系、本诺与妻子的"我""她"关系等，不同的人称表述方式其实都是理性精神的作用，这在无形中表明了作者的情感立场，揭示了情感的亲近和疏远，同时也是对工业社会被异化了的人的正面描写，具有很强的现实指控性，体现了文章背后的理性精神，显示出了高度的哲学性。

四、英美文学语言审美性及艺术性的社会渊源

英美文学语言在审美性和艺术性上之所以能够表现出以上的特点，这与英美国家特有的文化意识形态有着不可分割的关系，语言表述方式是社会文化意识形态的反映。在英美文化体系中，强调自我的个人主义、英雄主义情感表达，这在很大程度上让文学作品更加具有独特性，实现了语言本身的灵活性，让语言更加有感染力，提升了表达效果。另外，崇尚自由与开放的社会现实在很大程度上为语言的表述奠定了感情基调，让语言不仅仅作为艺术的表达工具，同时还更加有现实指向性，拓展了语言本身的维度，丰富了语言本身的意义。总而言之，英美文学作品的语言是作品得以传承和发展的重要因素，是提升文学作品内涵的重要组成部分，对于其他国家的文学表达也有着极为重要的借鉴意义，同时也是研究英美文学作品不可忽视的重要层面和突破口。

在漫长的历史发展过程中，英美文学从风格、内容、语言等方面都独树一帜，展现出独特的魅力和艺术性。英美文学的语言特色与特定的社会文化背景、人们心理等有着紧密的联系，它强调艺术性和实用性的相互统一，此外还善于进行创新，让文学作品语言展现出陌生化特色。总的说来，英美文学语言不仅仅是一种语言形式，同时还是独特思维的展现，加上各种语言技巧的使用，强化了语言本身的距离美。研究英美文学语言，对于研究语言的艺术性和审美性、准确把握语言的构成及发展等诸多方面都有着重要的意义。

第九节　茶文化视域下英美文学作品中的语言艺术

中国茶文化历史悠久，现如今世界文化的发展呈现出一种相互交融的态势，英美文化在世界文化中占据着十分重要的位置，对于推动文化的发展与繁荣意义重大，而茶文化也是一种世界性的文化。我们对英美文学作品中蕴含的语言艺术进行赏析，将其与茶文化结合起来，在不同中寻找相同，不断探索文化的奥秘。

茶文化源远流长，从神农时期开始，历经各朝各代，吸纳了各家思想发展至今。宋朝时期由于茶叶逐渐融入普通百姓的生活，茶文化得以接近民众生活，在市井中进一步得到发展。其中，茶文化中"清""静""和"的思想倡导人们对于自身要拂去社会生活的喧嚣，注重修身养性；对于他人，要以和为贵，和谐共处；为官要清正廉洁，为己则要修养身心。这些思想对于现世生活仍旧具有非常重要的指导意义。在史书古籍中有着诸多关于茶的概述，其既是文学作品的内容，又是语言艺术的承载物。在英美文学作品中也可以看到这种现象。尽管茶文化在英美国家的发展历史较短，不及中国茶文化历史的三分之一，但是其包含的内容及其对本土文学的影响还是毋庸置疑的。在英美文学作品中，英美作家对于茶的青睐随处可见，其描写茶事的内容不少于其他事物。下面笔者将对中外茶文化、中外文学差异以及茶文化与英美文学间的联系进行介绍。

一、茶文化概述

"无由持一碗，寄与爱茶人。"中国人向来爱喝茶，对茶的喜爱与研究也是处于世界前列的。世界上很多地方喝茶的习惯就是从中国传出的，所以普遍认为中国是茶的发源地，但也有其他一些证据说明茶来源于印度。现如今世界文化呈现出一种相互交融的态势，不管茶源自哪里，世人对茶文化的理解是共通的。唐人饮茶谈艺术，宋人饮茶重意境，元代饮茶粗犷豪迈，明清讲求修身养性。中国人对喝茶是有固执的喜爱的，不管是富甲一方的富豪或是耕耘天地的农民，喝茶已然是一种享受；不管是工序复杂的品茶，还是一壶开水泡一壶热茶，其中美妙各有人知。我们在喝茶的同时也品味着我们的人生，因此人们总说"人生如茶，苦尽甘来"。我们把茶与生活紧密联系，品味着茶，也品读着人生。茶文化涵盖方方面面，政治领域、经济领域、生活领域无不与之相融。自古以来，诸多儒雅文人就对茶文化进行了记载，他们对茶的认识当代人在史书典籍上可知一二。从政治领域来讲，茶象征着清正廉洁，帝王往往推崇茗茶，希望文武大臣能够从政清廉，真正为百姓做事。在某些朝代，也有"茶政"一说。在经济领域，茶业在宋明时期盛行，茶商遍地，后来还逐渐在民间孕育出了茶商文化，一直到今天，世人都推崇茶商不怕苦累、勤劳勇敢、相助友爱的精神。在生活领域，茶叶由皇家贵族才能享用的奢侈品逐渐发展为民间家中必备的日常饮品，成为人们招待客人的首选之物。从文化领域来说，茶文化中倡导的修身养性、"和""静"等精神与儒家追求的中庸之道，道家的返璞归真、清静无为等皆可相互贯通。从狭义的解释来看，其专指与品茗相关的文人生活体验、仪礼及其审美情趣，如茶艺、茶道、茶礼等。九流十家、百家争鸣、释道儒三家并存，深刻地牵动着中国历史进程，也影响着茶文化的发展。从神农尝百草发现茶叶起，祖辈们对于茶叶的研究与应用便开始了，由此发现了茶叶在保健、美容等方面的效用，这些在史书典籍中有着诸多记载。直到如今，人们在享受着茶叶风味的同时也潜移默化地传承了茶文化。在如今中国大力发展文化软实力的背景下，茶文化更是备受推崇，成为我国文化走向世界的窗口。

二、英美文学与中国文学的比较

英美文学作品大多来源于古希腊神话和基督文化，由于文化背景不同，英美文学作品在语言风格和内容表达上和中国传统文学有着巨大差别。英美文学善于把控情感、对人物对话的描写十分生动形象，在文章中往往会出现大段的对话描写，这样可以使文中的人物鲜活地呈现在读者的面前。中国文学的根基来源于数百年前的诗词歌赋，因而文人们在文章中表达含蓄、意蕴深远。例如，在中国文学的经典著作《红楼梦》中，作者对文中各色人物进行人物神情和心志的描绘别具一格，通过人物的笑表现了人物的不同身份、不同地位，他们笑的姿态和动作也各有千秋、独树一帜。通过人物的言谈嬉笑来揭示其复杂的内心世界，让读者品味人物的内心活动，使人回味无穷。这两种文学不仅生长的根基不同，发展的轨迹也不尽相同。由于一个国家的文学来源于该国的政治、经济、思想氛围，各种文学在主题内容、叙事风格上都存在着较大的差异。英美国家的文化较具包容性，政治上多为多党轮流执政，经济发展依托广阔的海洋，与世界联系较多，因而其文学氛围较为开放，作品注重直接表达，多使用白描手法，主题鲜明，现实主义流派盛行。相对而言，中国文化相对保守，中国文学在表达上多以含蓄为美。

三、茶文化视域下语言艺术在英美文学作品中的体现

相对于其他国家（如中国、日本）而言，英美国家的茶文化历史较短，只有一百多年的历史，但是其对英美文学也产生了较大的影响。在许多英美文学作品中，我们都可以读到对于人物饮茶场面的描写。在英美文化中，茶一般与高雅的贵族生活相关联，是贵族的日常消遣之物，也是社交礼仪的一部分。作者时常借用"茶"这一象征高贵典雅的事物去刻画人物形象，或间接描写人物的家世环境、教养素质，或反衬人物的粗俗、鄙陋。在诗歌方面，茶更是受到浪漫主义诗人们的青睐，被时常描写。此外，茶还能带给作家灵感和方向，提供写作内容与场景。除了茶文化的表面意义，英美作家也会在作品中借用其延伸意义。在这一过程中，英美茶文化也潜移默化地得到了发展，被灌注进了新的内容和含义。

四、英美文学与茶文化的互相促进和影响

当阅读一些翻译版的英美文学作品时，我们可以明显感受到英美文学作品与中国传统文学的不同。直白的语言、直接的描写都让我们感受到一种新奇的文学艺术的语言魅力。随着对英语的逐渐深入学习，我们可以直接去看原版的英美作品。英语是直接的，它不像汉语一样婉转含蓄，需要我们细细品味才能明白其中的道理。像英语作为世界共同的语言一样，茶文化也具有世界性，这两种具有世界性的东西放在一块自然会迸发出惊艳的火花。茶作为早期中外贸易的主要商品，它的影响力不亚于英美文学的传播。从早期传入欧洲大陆起，茶文化就在新的文化土壤和经济土壤中滋养生长，发展出具有英美独特色彩的新文化来。在这种文化的发展过程中文人们也做出了不少贡献，茶带给文人们诸多灵感，让他们在作品描述中多了一份可供寄托、表达的意象，为他们营造环境氛围、塑造人物形象带来了便利。

第三章　英美文学与语言审美研究

第一节　英美文学的审美传统和文化气质

　　英美文学在外国文学中是一个重要的组成部分，在一定程度上展现了英美民族独特的审美文化和悠久的历史。在长期发展的过程中，英美文化形成了具有自身特色的文化气质和审美传统，虽然表现出来的形式多样、流派众多，但是这些形式不同的文学作品中的审美传统以及文化气质几乎是相通的。本节在此基础上，就英美文学表现出来的审美传统以及文化气质展开论述。

　　在世界文学史上，英美文学占有非常重要的位置。经过长期的发展，英美文学自成体系，形成了具有自身特色的审美传统和文化气质，不仅将英美文学中的瑰丽词句和丰富内涵充分展现出来，还将英美民族独特的文化内涵以及悠久的历史充分展现出来，体现出了人生的哲学思辨和悲欢离合。

一、英美文学的审美传统

　　英美文学的发展基础是希伯来文化和古希腊罗马文化，所以，对英美文学的审美传统进行研究，必须要充分考虑到这两种文化。换言之，英美文学的审美传统和希伯来文化以及古希腊罗马文化息息相关。通过对英美文学内容进行全面的、深入的研究可以看出，英美文学有着崇高的审美传统并且崇尚力量。通过对古罗马、古希腊的雕塑和绘画进行研究，我们可以看到，雕塑家和画家经常雕塑或者绘制裸体的男子，这些雕塑作品或者绘画作品给人一种力量感。通过对英美文学内容的研究可以发现，很多的文学作品中也有对于力量的描绘，与古罗马、古希腊雕塑以及绘画作品中呈现出来的内容存有相通之处。比如作家海明威写过的很多文学作品中就有针对力量的描绘，他主要的描绘方式就是塑造硬汉形象，如在《老人与海》这部代表作品中，海明威笔下的主人公圣地亚哥老人在出海归来的途中与鲨鱼、马林鱼顽强搏斗，这实际上就是对力量的赞美。除此之外，《论崇高》这部作品中，古希腊作家朗基努斯就针对西方崇尚崇高这一现象进行了集中强调，这实际上也是一种针对力量进行的描绘，展现出对壮大之美的追求。除此之外，在人物形象塑造方面，英美文学中也追求人物形象的多面性，防止文学中的人物给人一种单薄的印象，造成作品可读性下降。比如，由著名作家莎士比亚塑造出来的"哈姆雷特"这一人物形象，就展现出多面性的特点。正是因为多种形象同时存在，让"哈姆雷特"这个人物更加饱满，读者在欣赏这部文学作品的时候仿佛接触的是一个立体的、形象的、有血有肉的人物。总的来说，古希腊文学表现出来的三个主要特色，即深邃的理性主义、鲜明的人文主义以及浓厚的理想主义情怀，为英美文学的创作奠定了良好的基础，同时也对英美文学的古典审美传统起到了奠定作用。后世的作家在进行文学创作的过程中受到这种传统思想的影响，导致文学作品中刻画出来的人物性格以及描写的文学作品情节都表现出古典的审美传统。

二、英美文学的文化气质

（一）有着强烈的批判意识

通过对英美文学的深入研究可以发现，敢于批判是该类型作品表现出来的一个重要特色。特别是美国的文学作品，有着非常强烈的批判意识，很多作品都是对现实的批判和反思。与中国的文学相比，虽然美国文学要年轻一些，但是现实批判性十分强烈。比如我们所熟知的菲兹杰拉德、德莱塞以及马克·吐温等著名的英美作家，通过对他们文学作品进行研究后便会发现，这些文学作品中散发出对社会现实的强烈的批判意识。尤其是马克·吐温，甚至被称为美国批判现实主义文学的创始人和奠基人。他的作品中表现出强烈的批判意识，比如《汤姆·索亚历险记》这部作品，就是针对美国陈腐刻板的学校教育、伪善的宗教仪式以及庸俗虚伪的社会习俗进行批判和讽刺，笔调欢快，对少年儿童自由活泼的心理进行描述，起到强烈的批判作用。

（二）关注社会现实

英美文学起源于古希腊罗马文学，经过长期的发展逐渐形成自己的风格。在古希腊罗马文学中，文学作品的题材通常都是关于神以及其他的各类英雄的。然而，通过对文学作品中的神进行研究后便会发现，这些神无不体现出人的特征，作家试图通过文学作品对社会现实进行反思和批判。正是因为如此，经过漫长的发展，英美文学逐渐形成心怀苍生、关注现实的文学氛围。通过对英美文学内容的研究便会发现，在很多的英美文学作品中，作者都是试图通过对主人公或悲惨、或坎坷的命运的描写，对现实生活进行折射，将现实社会的人情冷暖充分展现出来，让读者可以通过主人公的命运了解到社会的现实和残酷。这些英美文学虽然从表面上是对主人公的悲剧人生进行描写，实际上，作者也以此为载体表达出了对现实社会的关怀。比如《人性的枷锁》这部文学作品，就是一部典型的关注社会现实的文学作品。

（三）追求人的启蒙和解放

希伯来文化和古希腊文化是英美文学的起源，希伯来文化和古希腊文化的特点是英美文化的基础，这也导致今天的英美文学中散发出一种浓厚的人文主义色彩。通过对英美文学作品的研究可以发现，英美文学中对于人的启蒙和解放的追求一直没有停止，特别在文艺复兴时期，这一追求表现得更为突出。对于文艺复兴而言，人文主义是其重要的核心思想，也是古希腊一直以来的审美传统。在文艺复兴这一时期，大多数的文学作品都在号召对人性启蒙和人性解放的追求。比如，《西风颂》中，作者雪莱用一句"假如冬天来了，春天还会远吗？"这样的话表明了对人性启蒙以及人性解放的追求。又如，在《哈姆雷特》这部作品中，作者莎士比亚在剧中通过克劳狄斯与哈姆雷特之间的斗争，将英国黑暗封建现实与人文主义理想之间的矛盾充分展现出来，表达出自己对人性启蒙和人性解放的追求。

起源于古希腊罗马的英美文学在发展的过程中不断丰富、历久弥新，形成了今天我们看到的文学盛况。在文学内容和文学形式上，英美文学所传达的情感和精神有着不可取代的价值，值得我们去借鉴和关注。

第二节　英美文学"陌生化"——从文学审美到作品意识

随着经济全球化进程的不断深入，文学作品的世界性流通越来越普遍。英语作为世界上通用性最高的语言，促使英美文学作品也得到了广泛的传播。在英美文学的研究过程中，"陌生化"一词时常被提及。而这个词第一次出现在俄国文艺理论家什克洛夫斯基的《词语的复活》一文中，之后被人们所熟知。然而，这个词却是什克洛夫斯基因为一时笔误所创造的，这个因偶然而被创造的词却在文艺理论界有着十分重要的地位。"陌生化"一词被开创出来，恰好从创作与接受等诸多方面解释了对作品文学性的感知，成为文学审美的新兴的主流。然而，"陌生化"一词的意义还不仅如此，它赋予了阅读者、文学批评者从文学审美出发，又超越文学审美的范畴，从而去发现作品本身所蕴含的意识内涵的动力和能力。

一、文学作品的"陌生化"与英美陌生化文学

文学作品是来源于生活的，是对生活、自然、人类以及社会关系的提炼。而上升到文学作品研究的层面上，就需要从作者与社会、自然之间的联系和关系去挖掘。从这一角度来说，作品创作当时的历史、哲学、社会学等诸多因素都需要在文学研究中进行讨论，这些都是文学作品文学性的具体体现，但文学欣赏又需要对这些单纯的因素的欣赏进行区分。而"陌生化"一词虽然是由俄国学者首次提出的，但是陌生化对文学的影响却十分深远，在文学意识流小说中体现得最为明显，也最具代表性。英美文学中的意识流小说虽然风格不同、表现各异，但陌生化的语言形式都有较为明显的表达，特别是对作品中人物的心理的阐释，陌生化的语言将无序的心理状态展现在读者面前。意识流的小说作品不胜枚举，但以《尤利西斯》《喧哗与骚动》等作品最有代表性，这些作品都有一个显著的特点，就是用陌生化的语言来细致地刻画出作品中人物心理的整个变化过程。对一部文学作品而言，作品中人物的心理活动是作品所产生时代的价值观、社会观、哲学观与历史等因素综合作用的结果，这些因素都是作品文学性的组成部分。因而，陌生化的语言是作品文学性的体现之一，将文学作品的"陌生化"作为切入点对文学作品进行研究，切中要害。

再具体到英美文学作品而言，英美文学的陌生化发展大致经历了三个发展阶段。20世纪20年代以前，英美文学中充斥着现实主义的色彩，这时候陌生化的语言主要以描绘风景为主。至20世纪40年代，英美陌生化文学特点初步形成，第一次世界大战使英美作家体会到精神世界中的无助和空虚，面对战后的废墟，他们对生活的信心崩塌，这时候对美好风景的描绘减少，陌生化的语言更适合表达内心的迷乱与空虚。也正是在这个时期，陌生化文学理论开始成型，其认为为使叙述更加自由，不可避免地要破坏原故事叙述里的逻辑。在20世纪40年代以后，陌生化文学经历了一个高速发展的阶段，语言的巨大潜力与特殊功能被极大地激发，相较之前，无序化和松散性更加明显，语言形式不再受常规思想所束缚，作品中人物的意识被刻画得更加鲜明，充满了随意性和跳跃性。

　　然而，陌生化虽然使文学作品的语言更具随意性和跳跃性，体现出高度的自由化趋势，但是它仍然不能脱离反应现实问题的主线。从一方面来看，陌生化文学仍然是对心理的反映。英美陌生化文学中，用传统的现实主义方法来实现对动荡的社会以及不同地域的风土人情的描绘十分常见，同时陌生化文学也在一定程度上借鉴了现代派的手法，对故事中人物的心理进行细致的刻画。从另一方面看，陌生化的英美文学作品也是对现实社会的写照。作品中充斥着作者对于社会现状的不满情绪，体现出人们对于生活的热爱以及对美好希望的追求，这也成为改革者的动机。

二、英美陌生化文学中可感性与可变性

（一）陌生化语言意象中的可感性

　　陌生化的语言在英美文学作品中十分常见，通常，陌生化的语言将意象的感知性有力地展现出来，使读者在进行阅读的过程中，能够在陌生化的语言中与作品中的人物产生共鸣，进而达到更好的心理认同效果。举例来说，伍尔夫是英国的著名作家，他的代表作为《到灯塔去》，这部作品中"灯塔"成为最大的意象内容。总体来说，可以将整部作品分为三个部分，第一部分讲述要到灯塔去而未能实现；第二部分为时间流逝、物是人非；第三部分为父子俩在十年后终于划船来到灯塔，达到了精神上的和谐统一。对读者而言，"灯塔"作为作品的意象，具有较强的可感性，读者能够体会到灯塔所传递的含义——精神世界中的追求。每个人心目中的"灯塔"各不相同，灯塔中明暗的变化，正如人世间的悲欢离合，同时也成为读者印象中一个永恒的背景，传达着生命的无常和时间的永恒。在对整部作品的分析中我们可以清晰地看到，如《到灯塔去》这些英美文学作品中的陌生化语言使作品较为自然地笼罩在某种情绪色彩之下，作品的主题需要读者用心去揣摩和感受，而语言的可感性却十分明显，能够极大地激发读者心中的共鸣。

　　在形式主义陌生化理论中，可感性被视作基础，将可感性与批评标准范畴、评价主体以及潜在价值主体联系起来，以至于形式主义在发现作品美感、挖掘文学作品的审美潜质等方面做出了突出的贡献。但将所有的创作手法都划为陌生化的范畴，则过于草率。事实上，创作者选用某些陌生化手法的目的不仅仅是使读者获得理想的审美认同，更是对读者的启发和引导。在对现实发现的基础之上，从不同的角度去挖掘事物所含有的内在精神价值，即"不仅仅是为了让石头更像石头，而是为了不同的发现，为了道德价值"。从这个角度讲，陌

生化文学的可感性使作品在审美价值之外，更注重挖掘新事物以及精神价值。

（二）陌生化语言表现的可变性

语言在不同情境下进行组合，其可变性所映射出的陌生化特征主要表现在语言本身以及时间叙述、情感转变所表现出的跳跃性。比如，在著名作家乔伊斯的小说《尤利西斯》中，布鲁姆在观看排版工排版时，虽然身在报社印刷所当中，但他的思绪又被作者安排跳跃到了其他地方，他想到的是死去的父亲，想到的是犹太人的历史，还有那些东方故园。之后，他的思绪又跳跃到丧礼与教堂的歌曲上。在品读这段文字时，读者能很清晰地感觉语言中所流露出的类似于音乐旋律的节奏感。再举例来说，莫莉早上从睡梦中睁开眼睛，看时间还早，于是想再小憩一会，这时候她睡意蒙眬，意识开始闪现出来。小说中对莫莉内心独白的描写，以及对她所联想场景的刻画是跳跃式的，并没有固定的方向和须序。她想到的是中国人早晨起床后需要梳理发辫，想到的是近旁教堂的修女与钟声，从羡慕修女在睡眠时没有被打搅，到讨厌公鸡打鸣与隔壁的闹钟声。陌生化语言的组合使故事的情节较为随意，其跳跃性也相对明显，要求读者在这些语言当中寻求共鸣，使读者在心理上对故事情节产生认同感，从而在一定程度上忽视了故事的线索。

返回到简单的思维来思考，陌生化的本源就是求变，即创新，这也是所有文学艺术手法的根本。作者在一生之中会经历许多琐碎无味的小事，诸如日常吃饭、睡觉等。很显然，这些事物并不适合被纳入文学作品创作当中，除非经过作者细心的处理，陌生化的可变性价值才能得以体现。陌生化扩大了文学作品的可变范围，使作者能在此基础上引导读者以不同的眼光看待作品，体会作品所传达的含义，甚至是文学价值之外的精神价值。

三、陌生化赋予英美文学的审美张力

（一）陌生化手法对典型人物的刻画所体现出的审美张力

英美陌生化文学作品中的典型人物都是经过作者独特的构造和加工的，从而体现出普遍性与独特性的统一。作品中典型人物的个性应独特、鲜明，而这种独特性又在社会、文化等诸多限制范围之内，需要符合广泛的普遍性。通俗来讲，一方面，典型人物的独特性使之脱离类型化，激发读者的新奇感；另一方面，他也应当是社会、生活等因素的反映。"每个典型都是人们所熟识的陌生人"，人物的特性与共性关系得以体现。在对典型人物不断创造、改进、重塑的过程中，历代的创作者将独特的阐释赋予人物形象，形成积淀，进而影响着后人的文学接受。这种创造和变化，其意义如螺旋体一样不断上升，并在此过程中彰显出文学作品永恒的魅力。

（二）陌生化手法对意境描绘所体现出的审美张力

意境是文学作品中侧重于抒情来表现主观情感的一种文学形态，在浪漫主义作品中体现得最为明显。在英美文学作品中，陌生化的意境创造手法赋予了意境不可思议的审美张力。将意境拆分来看，"意"即作者所赋予作品的思想情感，而"境"则是客观事物的集合。作品的"弦外之音"与"言外之意"，往往给读者带来深刻的审美感受。例如，在《雾都孤儿》中，作者通过对客观的伦敦环境的塑造，以及人物心理情感的刻画，传达出人物悲惨的境遇，使读者仿佛身临其境，深切地体会作品中的凄凉意境。这种陌生化的意境创造在无形中将作品本身的审美空间扩大了，读者的思想有多深、有多大，陌生化的审美张力就有多丰富。

（三）陌生化手法的象征意象所体现出的审美张力

对于文学作品本身而言，对客观事物的描绘只是其最浅的层次，而作品中的事物所蕴含的象征意象则是其价值所在。在英美陌生化文学作品中，象征意象的使用十分普遍。描写的客观事物被赋予了象征意义，则可以传达出更加意想不到的文学效果。同样，陌生化的象征意象，扩大了文学作品的审美张力。举例来说，贝克特的作品《等待戈多》就是陌生化象征意象使用的典型。作品中出乎意料的没有情节冲突，没有人物刻画，甚至没有逻辑性的语言，但是"戈多"却给读者带来了深刻的印象，引起了强烈的共鸣。戈多是谁，作品中并没有讲述，但在荒诞的设定之下，戈多却象征着人们的精神需要，对戈多的等待是一种精神寄托，是人们留存希望的需要。人们在对文学作品象征意象的思考和探求过程中，或疑惑，或恍然大悟。在不断求解的过程中，陌生化手法的象征意象所展现的审美张力得以体现。

第三节　鉴赏英美文学作品，提升大学生的审美情趣

英美文学作品中有很多美的内涵，挖掘出这些美的内涵有助于大学生提升自己的品位，培养其健康的审美情趣。在英美文学教学过程中，教师要引导学生深入地鉴赏英美文学作品，体会英语的语言美，获得关于生与死的正确审美体验，并提升他们乐观向上的审美情趣。

审美情趣又称审美趣味，是以个人爱好的方式表现出来的审美倾向性，审美情趣来源于人的审美理想，审美情趣又决定着人的审美标准。正因为审美情趣对人的审美观有如此重要的影响，所以，思想家和教育家们都把培养人的健康高尚的审美情趣作为美育的重要任务之一。大学教育的对象是人，而对人的教育除了知识教育、技能教育外，还应该包括心灵教育、情感教育和智慧教育。审美教育就是立足于蓄志养气、陶情怡性、崇美扬善的全面教育和发展教育的基础上，其目的是提高人的整体文化素质和人文道德修养，促进人的和谐、健康的发展。

英美文学课程是高校英语专业的主干课程，在英语专业的课程中占有举足轻重的地位，英美文学知识是英语专业学生必须掌握的专业知识。《高等学校英语专业教学大纲》指出："文学课程的目的在于培养学生阅读、欣赏、理解英语文学原著的能力，掌握文学批评的基本知识和方法。通过阅读和分析英美文学作品，促进学生语言基本功和人文素质的提高，增强学生对西方文学及文化的了解。"在人类历史长河中，文学家们深入生活，结合他们对社会的观察与深入的思考，给人类留下了巨大的精神财富——文学作品。英美文学作品包罗万象，涵盖小说、诗歌、戏剧、散文等众多门类，包含着形象生动的语言美、错落有致的结构美、千人千面的形象美、绵延不绝的意境美以及复杂深刻的哲理美等，带领和帮助学生欣赏这些作品应该成为我们审美活动的重要组成部分。正如知名学者虞建华先生指出的那样，"文学课程的重心是帮助学生陶冶情操、开阔视野、认识人生、丰富精神文化生活。文学涉猎广泛的题材在表达悟识、反思生活方面的价值是任何其他方面的学习所难以取代的"。因此，英美文学课程教师要在教学中使学生受到美的熏陶，帮助他们树立积极健康、美好高尚的审美意识和情操，培养学生高尚的审美情趣，使他们形成独特而丰富的审美个性，进而从整体上促进其人文素质的提高。

一、引导学生鉴赏作品，认真体会作品的语言美

关于语言的定义有很多，简而言之，语言是一套用作人类交际的任意的有声音的符号系统。早在 1921 年语言学家萨丕尔对语言做出了详细的定义："语言是一种人类通过采用自动产出的符号来交流思想、感情及愿望的非本能的方法。"语言学家胡壮麟说："我认为，语言和文学两者应是互补的。文学本身应该是优美的语言，学习文学作品，能学到最好的语言。"伍铁平教授在《普通语言学概要》中指出："在传统的伙伴中，和语言最密切的是文学，文学是

语言的艺术，文学作品要用语言创作，通过语言鉴定、评论文学作品也必然涉及它的语言。所以研究一个民族的文学，必须精通它的语言。反之，一种语言的最精彩、最丰富的作用是集中在文学作品里面的。文学是使用语言的典范，为学习语言提供最好的榜样，为研究语言提供理想的材料。"

由此可见，语言与文学是很难截然分开的，文学是语言的艺术，没有语言就没有文学。通过阅读与欣赏文学作品，学生可以学到规范的书面表达语，可以扩大词汇量，可以领略不同风格的文体，可以提高语言理解及应用能力，还可以了解英语国家的文化背景、风土人情、政治、经济、宗教等方面。一言以蔽之，语言与文学不可分离。英美文学是对时代生活的审美表现，是英国人民和美国人民创造性地使用英语语言的产物。英语语言表意功能强，文体风格变化多，或高雅、或通俗、或含蓄、或明快、或婉约、或粗犷，其丰富的表现力和独特的魅力在英美作家的作品里得到了淋漓尽致的发挥。引导学生鉴赏优秀的文学作品，可以让学生感受到英语音乐性的语调和五光十色的词汇，回味其"弦外之音"。

古今中外许多文学家都是语言巨匠，他们在为人类创造精神财富的同时，也用他们的文笔丰富本民族的语言，为各自民族语言的发展做出贡献，英美国家的文学家亦不例外。文学是词汇和句法结构使用的范例。文学语言与日常生活用语本质上没有什么不同。它是日常生活语言的一种最优美的表达形式，是一种升华了的语言。英美文学作品包含着各个时代、各个阶层浩如烟海的词项（lexical item）、习语（idiom）、习惯表达法（idiomatic expression）。这让学生在扩大词汇量的同时，无疑还有助于他们欣赏美的语言。而且不同时期的文学作品中所含有的词汇体现了不同的形态特色，反映了该民族语言的词汇发展状况。学生在学习文学中自然增加有关词汇形态变化的知识，较全面地了解目的语的词汇发展和英语语言的魅力。比如，乔叟是英国历史上第一个用英语写作的人，正因为他，英语成为文学语言；也正因为他使用了伦敦方言，伦敦方言成了现代英语的基石。通过阅读他的《坎特伯雷故事集》，学生能够对中世纪的英语有所了解。又比如，班扬在他的《天路历程》这部宗教寓言故事中使用标示名来命名人名和地名，《天路历程》上卷中出现了一百多个人物，在这一百多个人物中，就有多达九十三个人物的命名都使用了标示名。如这里面出现的 Simple、Sloth、Presumption 这三个人物，正如他们的标示名分别所指，是愚陋、懒惰和自恋的化身。标示名寓意深刻、生动形象、新颖别致、讽刺辛辣、诙谐幽默，将含蓄的意义、深沉的感情新鲜别致地表达了出来。又比如，莎士比亚在《哈姆雷特》中的那句话 "To be or not to be，that is the question."

早已深入人心，被读者广为引用。又如，美国作家马克·吐温在他的作品中使用了较多的方言土语，学生在接触并理解了这些语言后，对美国的地方主义色彩有了更深刻的印象。

英语的语言美还体现为它的音韵美。众所周知，音乐是想象的艺术，而且音乐是最能直接打动人的艺术。文学作品的音乐性特点或者说音韵美，表现在语言节奏的和谐与变化的统一中。例如，美国诗人惠特曼写的《啊！船长！我的船长！》就体现了较强的音韵美：这首诗首先有统一，每一节的开头几乎都是"Oh Captain!My Captain!"而结尾都是"Fallen cold and dead"；其次就是有变化，这首诗中间的长短句或者短语错落有致地排列；这就表明在同一中有变化，在变化中有和谐。整首诗歌读起来就像一曲流动的音符，给人一种浑然天成的音韵美的感受。英美诗歌中有很多都是通过头韵、行内韵、半谐音、尾韵以及大量的元音和辅音的重复使用等手段来表现音韵美的。教师要指导学生进行"美读"，即有表情地朗读、吟诵课文，体会英语抑扬顿挫的韵律和节奏，使他们在不知不觉中进入美的境界，从而与作者情感共鸣、心灵相通。

英语的语言美也体现为它的修辞美。英美作家都会在作品中使用各种修辞手段来为作品增色，英国著名的散文作家培根就是一个榜样。在《论学习》这一名篇中，他使用了大量的平行结构（排比句）、层进、隐喻和明喻等多种修辞手段，言简意赅而又逻辑性强地表达了关于读书的深刻哲理，读来令人回肠荡气而又发人深省。更多的诗人利用各种各样的修辞手段来表达他们的思想，教师在引导学生鉴赏文学作品的时候，绝不能错失了让他们欣赏英语修辞美的良机。

英语的语言美同时也体现为它的意象美。英美作家在作品尤其是诗歌中常常会通过意象来传达他们的情感。著名的意象派诗歌的领军人物庞德深受东方文化尤其是中国意象诗歌的影响，他曾经说过这样一句话："一个人与其在一生中写浩瀚的著作，还不如在一生中呈现一个意象。"由此可见，在创作中运用意象对他来说多么重要。在他的意象主义诗歌代表作《在地铁站》中，他使用了一个主意象"面孔"，同时他还使用了两个次意象"花瓣"和"幽灵"。他在这仅有两行的诗歌中把这几个意象叠加，达到了一种传神的效果。花瓣本身就有色彩，湿漉漉给人一种苍白、朦胧和虚幻的感觉，而当花瓣和面孔这两个意象叠加时，面孔便有了柔软红润的颜色。人群中若隐若现的面孔叠加到黑湿的树枝上开着的花瓣上，这就形成了庞德所说的"理智与情感瞬间的复合体"。幽灵牵动的是读者的视觉和触觉，幽灵和面孔构成了一幅光与影的组合画卷：在巴黎的地铁站里，灯光忽明忽暗，人影如鬼影、幽灵，稍纵即逝，朦胧而又神秘。面孔是幽灵的载体，是混乱不堪、嘈杂拥挤的地铁站中的亮点。这样，幽灵衬托的面孔就犹如出淤泥而不染的荷花，给人耳目一新的感觉，达到了欲扬先抑的效果。花瓣牵动的则是读者的视觉。诗人把花朵的美丽、令人赏心悦目的特点投射到潮湿闷热的地铁站中让人眼睛为之一亮的儿童和妇女的漂亮的脸庞上，这不禁使读者联想到了中国古诗中说的"云想衣裳花想容"，这样的效果真可谓传神。这样的意象美是我们引领学生鉴赏英美文学作品时不能忽视的。

二、引导学生鉴赏作品，获得关于生死的正确审美体验

中国传统文化以儒家文化为主导，中国人的死亡观也深受儒家文化的影响。儒家文化的创始人孔子说："未知生，焉知死？"他的意思就是说人如果连"此生"都照顾不好，何谈照顾"来世"。孔子的本意是要求人们务本求实，关注现实感性生命的愉悦，对生活负责，把全部注意力都集中于对生命的社会价值的追寻上，而不要分心去考虑死亡及死后世界的问题。在某种程度上说，这是儒家文化把死亡问题排斥在生命视野之外的现实主义生存哲学，是中国人忌讳死亡、恐惧死亡的文化根源之一。中国人表面上乐观坦荡的背后，实际上隐藏着对死亡的深深的悲哀和恐惧，因为"死"就意味着对"生"的彻底否定，意味着世俗生命之乐的彻底破灭。死亡是中国传统文化忌讳的话题，所以，中国文学作品中通常都是回避死亡这个话题的。即使有所涉及，也都与中国传统文化中的忠孝至上的人生价值观密不可分。正如孟子所言："生，亦我所欲也，义，亦我所欲也。两者不可得兼，舍身而取义者也。"中国文学作品所涉及的死亡话题大部分都追求所谓的"死得其所，重如泰山"，或者"生的伟大，死的光荣"的精神境界，而忽视了生命本身的感受和生命的原初意义。

而西方文化则不同，西方文化源于西伯来文化和希腊理性精神，有着深层的悲剧意识。西方文化认为人的一生由许多不确定性事件组成，唯有死亡归宿是亘古不变的。历代哲人不仅从理论方面对死亡进行了系统阐释，而且在实践方面也创造了流传千古的典范，如苏格拉底、布鲁诺等人以他们自己的生命丰富了死亡的内涵。基督教或天主教更是以死亡问题为核心构建起来的宗教，它们使西方人能更坦然地讨论死亡问题，从"死"的思考悟出"生"的理性。

关于死亡的话题也是英美作家在他们的作品中经常探讨到的问题。艾米莉·狄金森，这个天才女诗人，在她那首著名的诗歌《因为我不能停下来等待死亡》中描述的死神是友好的，因为她不能停下来等待死亡，而死神却友好地

停下来等她。狄金森认为，正如植物有荣有枯，动物也有出生、成长、死亡，然而，不变的是永恒。所以，死亡是通往永恒的必由之路。自然界的万事万物都遵循着从出生、成长、成熟到衰亡的规律，这一规律也正是宇宙的规律。狄金森是主动的，因为她能以极其坦然的态度面对死亡。

埃德加·爱伦·坡，一位诡异的文学奇才，在他的《创作的哲学》中提出了自己的创作主张。他认为，当死亡与美紧密联系在一起的时候是最富有诗意的。美妇人之死亡无疑是最有诗意的主题，而这主题由悼念亡者的恋人口中说出是再也恰当不过的了。他的诗作《乌鸦》就是以这一主题为基调的。在这首诗中，爱伦·坡一次次地铺设死亡场景，他的一次次希望都化作了乌有。他有意识地选择乌鸦来表达他最热衷的主题——死亡，通过乌鸦这种不祥之鸟来寄托他因为失去爱妻的悲恸与绝望。如果仅仅满足于爱伦·坡描述的死亡意向和死亡场景，而不追究这种描写的深度意向，我们就会和这位诡异天才的内在灵魂失之交臂。众所周知，迷恋死亡并非健康的精神状态，铺设死亡场景也不是人们喜爱的理想境界。重要的是我们要明白：爱伦·坡铺设死亡场景、建构死亡意象，其终极的眷念是征服死亡的霸道，从反面歌颂生命的凯旋。换言之，无论何等荒凉、凄厉和恐怖，爱伦·坡的诗歌意境都将唤起一种审美意趣，激励人们去追寻一种生命的真实。

罗伯斯特·弗罗斯特是 20 世纪最杰出的诗人之一，是人们心目中未受封的桂冠诗人。他先后四次获得普利策诗歌奖，获得过政府颁发的荣誉勋章，并且是美国唯一被邀请在总统的就职典礼上朗诵诗作的诗人。他本人认为《雪夜林边停》是他写得最好的诗歌之一。这首诗中的叙述者是一个在一年中最冷最黑的夜晚骑马旅行的旅行者，他偶然地停下来，凝视着被积雪覆盖的树林而驻足不前。读过此诗的人不禁要问：雪夜中的森林为什么对这个旅行者有这么大的吸引力？森林之美背后隐藏的究竟是什么？是神秘静谧的大自然，或者是，同样神秘静谧的死亡？在这首诗歌里，呈现在读者眼前的树林是银装素裹、幽深神秘的。旅行者就是被这样的森林而深深吸引的。在旅行者的眼里，这片树林简直就是一个最好的、理想的归宿之地，因为它让旅行者忘却了世俗的一切喧嚣和烦恼，让旅行者的心灵得到了彻底的放松和慰藉。当然在这首诗里，这片树林象征的是一个完美的理想世界，在这样的世界里，人再也不用去想如何去赚钱养家、如何讨好上司、如何与周围的人周旋等。人们在这里没有苦恼，没有伤悲，只要尽情享受这平和的世界即可。当然这样的世界是不可能存在的，所以有人认为这里的黑暗、树林和雪都象征着作者对死亡的渴望，因为只有死亡才能带来这样一个"极乐世界"。弗罗斯特为什么会产生这样的想法？实际上有传记作家指出，这首诗是诗人根据其亲身经历写成的。周伟驰先生曾有介绍，弗罗斯特于 1905 年圣诞节前夕冒着寒冷到城里去卖鸡蛋，想以此给孩子们买点圣诞礼物，然而鸡蛋没有卖出，他就没有钱给孩子们买圣诞礼物。满载希望而去，一腔失望而归。回家途中，他看着林中的雪景，泪水夺眶而出。回顾弗罗斯特的人生经历，我们知道弗洛斯特大部分时间都是在新英格兰的农场劳作度过的。1905 年前后，他穷困潦倒；他 11 岁时就失去了父亲，1900 年，他又失去了慈爱的母亲。难怪，雪夜从森林经过时，身心俱疲的他很想停止人生的旅程。然而，他突然想起自己尚有未履行的诺言——实际上就是他人生的责任和未竟的事业。于是，他策马前行，继续他人生的征程。这就体现了德国哲学家海德格尔说的"向死而生"的哲学智慧，那就是：一个人在死之前要好好地活着，要活出人应有的价值，要完成人之所以为人的责任。

目前，在大学、中学，甚至是小学，都会有学生自杀的现象发生，真是令人扼腕叹息。这表明许多青少年学生对生死问题的认识是蒙昧的，对生命历程中的各种困扰也不能做出正确评估和采取适当的处理方式。所以，在引领学生鉴赏英美文学作品时，一定要让学生深刻领会英美作家对待死亡的态度，因而获得关于生与死的正确审美体验。我们一方面要引导学生珍惜肉体生命；另一方面还要促进学生的精神成长，使他们获得精神的超越，这一点尤为重要。

三、引导学生鉴赏作品，陶冶乐观向上的审美情趣

英美许多作家是在逆境中进行创作的。即使身处逆境，他们创作出来的作品却表现出了昂扬的斗志和乐观主义精神。

英国著名诗人弥尔顿创作出了不朽的《失乐园》。那么，《失乐园》是在什么样的情况下创作出来的呢？弥尔顿极力反对保王党，他积极参加英国资产阶级革命。由于资产阶级政府的工作任务繁重，他不得不日夜工作。不久，他的视力开始下降，医生警告他必须停止用眼，否则他将会失明。但他拒绝了医生要他放弃繁重的阅读和写作工作的建议，继续勤奋工作。最终，到了 1652 年，他双目完全失明。不久，弥尔顿的妻子病故，给他留下了三个嗷嗷待哺的小女孩，最大的也不过 6 岁。1660 年，王政复辟，弥尔顿被捕入狱。被释放后，他便开始了《失乐园》的创作。就是在这样艰难困苦的情况下，弥尔顿成功地塑造了撒旦这一不畏艰难、敢于反抗强权的斗士形象，表现出了一种敢于与生存环境做坚决斗争、敢于反抗的真正的英雄主义。在崇尚自由的撒旦的领导下，反叛的天使们群起反对上帝，但他们在与上帝及其支持者的对抗中落败，撒旦和他

的信徒因此被逐出天国，关进了地狱，从此受尽折磨。但是，就在火焰与毒气弥漫的地狱里，撒旦和他的信徒们毫不气馁。撒旦斗志高昂、绝不屈服，他以超人的毅力忍受着所有的苦痛，并且满怀激情的争取斗争的最后胜利。很多评论家认为，撒旦这一形象就是诗人自己的写照。

反叛诗人弥尔顿借撒旦这一形象表达了自己对当时封建统治者查理二世的蔑视与愤慨，同时也表达了他对革命斗争胜利的坚定信心和对自由的强烈渴望。

英国著名的浪漫主义诗人雪莱具有强烈的反叛精神。12 岁那年，雪莱进入伊顿公学，在那里他受到学长及教师的虐待，在当时的学校里这种现象十分普遍，但是雪莱并不像一般新生那样忍气吞声，他公然地反抗这些。1811 年 3 月 25 日，由于散发《论无神论的必要性》，入学不足一年的雪莱被牛津大学开除。雪莱的父亲是一位墨守成规的乡绅，他要求雪莱公开声明自己与《论无神论的必要性》毫无关系，而雪莱拒绝了，他因此被逐出家门。在结识了葛德文的女儿玛丽·葛德文后，他倍觉和赫利埃特·委斯特布洛克的那场仓促的婚姻只是将两个人绑在一起来承受一种折磨。于是，他和玛丽·葛德文相爱了，出走至欧洲大陆同游，他们对于爱情和婚姻的理想纯洁到连最严苛的批评家也无法致辞。然而，雪莱的妻子投湖自尽了。雪莱的婚姻一开始就被他的敌人当作最好的武器来攻击他，此时，他的敌人更是拿此事大做文章，对他进行人身攻击。大法官将他的两个孩子的教养权判给其岳父，为此，雪莱受到沉重的打击，被迫背井离乡远走意大利定居。就是在这种情形下，雪莱创作出了脍炙人口的《致云雀》和不朽的名篇《西风颂》。

《致云雀》是雪莱的抒情诗代表作之一。诗人运用浪漫主义的手法，热情地赞颂了云雀。在诗人的笔下，云雀是欢乐、光明、美丽的象征。诗人运用比喻、类比、设问的方式，对云雀加以描绘。他把云雀比作诗人，比作深闺中的少女，比作萤火虫，使云雀美丽的形象生动地展现在读者的面前。诗人把云雀的歌声同春雨、婚礼上的合唱、胜利的歌声相比，突出云雀歌声所具有的巨大力量。在诗中，雪莱这样描述云雀和它的歌声：

　　像一片烈火的轻云，
　　穿过蔚蓝的天心，
　　永远歌唱着飞翔，飞翔着歌唱。
　　……
　　整个大地和大气，
　　响彻你婉转的歌喉，
　　仿佛在荒凉的黑夜，

从一片孤云背后，

明月射出光芒，清辉洋溢宇宙。

云雀欢乐地在天空中飞翔，沐浴着明亮的光辉在飞行，任何的艰难险阻、任何的困难压迫都不能阻止它的飞翔，都不能遏止它的歌唱。从"永远歌唱着飞翔，飞翔着歌唱"的云雀身上，我们看到了一个昂扬向上的、乐观不屈的、自由自在的大自然的精灵在倾诉着对自然的热爱，在倾诉着对世界的热爱。这歌声又何尝不是诗人雪莱的歌声？从云雀的歌声中，我们仿佛听到了诗人雪莱的灵魂在歌唱。我们有理由相信，这种欢快的歌声根植于人类伟大而深厚的精神之中，这样的声音以及这歌声所表达出来的乐观的、不屈服的精神，构筑了一个走向自由、走向解放的人类的形象。

在《西风颂》中，雪莱塑造了一个"是破坏者，又是保护者"的西风形象。他歌唱西风不仅扫除了残枝败叶，而且"送飞翔的种子到它们的冬床"。待到来年春天，西风的妹妹——东风驾临大地，就会"蓓蕾儿吐馨""漫山遍野铺上了姹紫嫣红"，出现一个春光明媚的新世界。全诗共五节，由五首十四行诗组成。从形式上看，五个小节格律完整，可以独立成篇。从内容来看，它们又融为一体，贯穿着一个中心思想。第一节描写西风扫除林中残叶，吹送生命的种子。第二节描写西风搅动天上的浓云密雾，呼唤着暴雨雷电的到来。第三节描写西风掀起大海的汹涌波涛，摧毁海底花树。三节诗三个意境，诗人幻想的翅膀飞翔在树林、天空和大海之间，飞翔在现实和理想之间，形象鲜明、想象丰富，但中心思想只有一个，就是歌唱西风扫除腐朽、鼓舞新生的强大威力。从第四节开始，由写景转向抒情，由描写西风的气势转向直抒诗人的胸臆，抒发诗人对西风的热爱和向往，达到情景交融的境界，而中心思想仍然是歌唱西风。在诗歌的第五节，诗人表达了自己要和西风融为一体、化作西风去传播革命理想进而催生新的世界的强烈愿望。"冬天来了，春天还会远吗？"在诗歌的结尾，诗人以这一千古传唱的名言结束了这首诗歌。这充分体现了诗人的革命必胜的坚定信念和革命的乐观主义精神，将乐观向上、明亮高昂的主题推向了高潮。

目前，不少的大学生，对集体、对他人漠不关心，整天无所事事，一味抱怨环境不好，倍感前途渺茫，因此情绪低落而整天沉迷于网络游戏。引领大学生鉴赏英美文学作品，让他们感受作品中传达出来的那种催人奋进、乐观向上的力量，是势在必行、刻不容缓的事情。

第四节　英美文学的社会功用和当代大学生审美教育

英美文学作为英语语言艺术加工的结晶，具备较强的国际影响力，而英美文学的社会功用也借此彰显。英美文学的社会功用和其美学价值相生相立，通过影响大学生意识形态产生审美教育，同时，英美文学社会功用的发挥也受到时代审美标准的影响。

美是人类社会实践的创造物，是人类文明的结晶，也是人类积极面对生命的体现。审美观指从审美的角度看世界，是世界观的组成部分，它是在人类的社会实践中形成的，是和政治、道德等其他意识形态有密切关系的意识形态，也是以审美心理为核心的美学范式。在不同的时代背景和文化环境下，不同社会团体的人具有不同的审美观。当代大学生处于国际化进程迅猛发展的时代，不可避免地以各种形式接触着英美文学及其衍生物，由此，在物质文明日新月异的现代社会中，英美文学成为当代大学生审美价值体系中的重要影响元素之一。

大学生作为时代审美的新生力量和美学理念的重要载体，其审美个性是在主体精神的提升和个性意志的加强中形成的，欲保障当代大学生具备主流而正确的审美取向，就需要他们的主体素质全面提高。文学的本质昭示着文学教育就是塑造和锻炼人性的实践过程，其承担的社会责任或社会意义非同小可。然而，由于种种客观原因，如考核单位应试需求，学生兴趣点、知识背景及社会环境等因素，目前国内高校文学教学的直接知识传授和语言技能培养功用等方面成了各方力量重视的核心，而现有模式下文学教育提高受众的美学涵养作用被很大程度上弱化了，这其中的理论支持也有很长一段时间不在大家的视野之中。美学是关于世界观的学说体系，是文艺发生发展的理论基础和指导原则之一。20世纪中叶，俄国美学大师车尔尼雪夫斯基指出，每个时代，每代人的审美标准和鉴赏心理都在发展，同时，这种发展取决于整个社会的文明和进步。基于这一点，美学研究的重要任务就是从现实的审美需要出发，借鉴历史上的审美经验，博采众长，以树立适合我们时代要求的审美趣味、审美观念和审美理想。近年来，发掘文学人文意义的社会指向性活动非常活跃，各种新思想层出不穷。英美文学在大学生审美价值塑造方面的影响模式和途径逐步被人们所重视。进一步探讨如何利用其完成英美文学对大学生审美价值体系塑造的推动作用也成了新时期美学研究和英美文学研究的重要课题。

一、意识形态是英美文学的社会功用对大学生群体审美产生影响的根本途径

文学的社会作用是通过精神层面实现的，审美教育客体对英美文学的接受是性情得到陶冶的过程，是灵魂得到重塑的活动，它不会像物质作用那样直接改变人们的生活实践，产生即时社会效应或者作用于个体。从英美文学影响力的作用方式方面定义，这种影响方式是内在的、情感的，并不是建立在政治体系理论或道德规范约束等方面的。英美文学并不能直接教会大学生什么是绝对的对或错，甚至文学并不直接传递给大学生它所承载的主体是弘扬正义还是抨击邪恶。文学只是将美呈现给读者，而这个审美过程则要求读者通过主观意识形态实现，只有主动感知美的读者和忠实地展现美的文学作品相遇，大学生的意识形态才会成为文学审美意义实现的主导。人生价值、人与自然之间的关系，乃至人类社会的存在法则等都将成为文学审美通过意识形态的方式不断深化并产生长久影响力的内容。湘潭大学季水河教授将文学审美活动置于情感理论中，认为情感陶冶是文学审美教育的途径，情感体验是文学审美欣赏的基础，而情感判断是文学审美评价的特点。这种关于情感因素和审美教育实践的联系是非常紧密的，比如，大学生个体可以从美国清教主义文学里读到美国缔造者们的严谨、自律、奉献、敢于挑战的民族开拓精神；从自然主义作品中领略本时期作者们对当时美国社会人与人之间"丛林法则"化关系的一种担忧和控诉；从浪漫主义作品中感知诗人的豁达和细腻，对内心感受的忠实和强调，而这些都是组成美的世界的根本，也是文学社会功用传递和作用的基本方式。美国浪漫主义小说家赫尔曼·麦尔维尔的代表作《大白鲸》中亚哈船长的身上传出一种美的力量，那是一种坚持，是一种信心，是一种为了实现自我挑战不惧生命受到威胁、不惧承受孤独、不惧经受考验，乃至不惧和敌人同归于尽的魄力所散发出的魅力。很多大学生在阅读原作的时候能感受到这一切，能够从意识形态方面感知到亚哈坚持的力量。文学为大学生提供一个新空间，没有意识形态的构建，文学的社会功用就无法存在。当代大学生审美教育的核心部分就是大学生个体意识形态体系的建立，英美文学作品的审美浸润作为一种有效途径无疑对大学生审美教育的意义非常重大。

二、英美文学社会功用的发挥受到时代审美标准的影响

英美文学社会功用的影响力自然不言而喻，这种社会影响力很大程度上是伴随着西方价值观的输入发生的。西方社会主流价值观和时代审美标准赋予了

英美文学社会功用新的内容。凌继尧教授在他的《美学十五讲》中提到，"美感既有个体差异性，又有时代、民族和阶级的差异性"。这句话强调的是审美标准的不定性，英美文学中这种不定性表现也是非常突出的。英国史诗阶段人们推崇个人影响力，强调为部落或族群挺身而出的精神甚至英武的暴力表现，这个时期的英国文学作品中充满了肃穆气氛；16世纪英国文学强调人文情怀，"人"作为精神逐步摆脱上帝的个体，"人性"被迅速唤醒，文学作品中充斥着对"人"个体需求的无限追求；17世纪英国文学中赞许的反权威气概和18世纪文学中提倡的开拓精神，这一切都是审美标准随着时代变化所带来的直接影响，这种影响彰显着明确的时代特色。可以说是社会的变迁带来了审美标准的变化，但是文学主流美学价值的变化却集中显现着。这种美学影响结果不会因为少数个体的"离经背道"而发生变化，也不会为同时代的个别事件所影响，有着时代背景赋予它的稳定性。大学生处于当代环境中，不可避免地有属于自己时代的审美标准和美学框架，这与特定时期英美文学所传递的美学观念有着不可避免的美学标准矛盾。这种矛盾的存在构成了文学社会功用作用于读者和当代社会的要件。当代大学生解读这种矛盾，解构这种矛盾，在面对这些矛盾的同时探究时代美学的内涵及美学标准的差异及变迁，这些保障了文学社会功用的影响力，同时也显示出时代审美标准对文学社会功用的影响。如美国自然主义作品《嘉莉妹妹》中描绘的农村女孩嘉莉从乡下到芝加哥寻找属于自己的梦想过程中出现的困惑、诱惑以及挫折，在这些医素影响下，嘉莉一步步走向自己的物质梦想的巅峰，同时她也失去了很多，受尽了贫困的折磨、背叛感情的困惑、物质富有和精神追求之间的矛盾，等等。故事的发展反映了嘉莉的个人命运抗争和理想在美国当时追求物质成功的社会背景下的柔弱和无力，传递给我们的信息更多的是个人命运和社会背景之间关系，揭示的主题之一是个人品德追求和物质追求之间的矛盾。随着当代大学生价值观的变迁和当下我国社会主流价值观的变化，很多大学生不能意识到嘉莉在对待爱情和追逐物质的时候有任何不妥之处，他们会觉得这是一个灰姑娘变公主的故事，一个成功的个人奋斗传记。而原作品中嘉莉在不断靠近物质梦想的过程中所表现出的彷徨、困惑甚至痛苦却被大多数大学生所忽略，他们中绝大多数人认为嘉莉是位创业英雄，所作出的所有决定和行为都是为理想而奋斗的壮举。

三、英美文学的社会功用和其美学价值相生相立

普列汉诺夫曾有过大意如下的表述，社会存在为文学美学价值的传播提供了土壤，但同时也是文学美学价值彰显的制约性力量。这并不是说文学自身的意义彰显是完全被动的，而是说文学的出现必然伴随着作者自身的审美价值和所处时代的审美痕迹，这种价值和痕迹一旦产生不会随着时代和文化的变迁而变化。相反，文学本身所传递的特定审美价值是其社会功用的根本途径。站在文学史的长河中去对待英美文学的审美价值，更能确定作品的价值所在，更能衡量它的社会功能。立足于现实审美准则，审视文学作品中传递的美学框架，这就是文学作品和社会时代的审美关系，正确认识这种审美关系的形成过程和发展过程是美学社会功用的根本源头。英国浪漫主义诗人雪莱的《西风颂》是至今仍然被人们传诵的名篇，20世纪20年代郭沫若先生就将其翻译成了中文并引入国内，《西风颂》的最后一句"冬天来了，春天还会远吗？"更是人人成诵。新文化运动前期所主张的"提倡科学与民主，反对愚昧与专制；提倡新道德，反对旧道德；提倡新文学，反对旧文学"和《西风颂》中的"西风"承载的摧枯拉朽、推陈出新的意象迎合了当时国人对于新思想和新力量的渴望。《西风颂》在中国的影响持久而深远，这和该诗的文化背景以及作品本身的美学特征分不开。20世纪初，中国文化社会处于一个特殊的对外试探性开放的时期，尤其是五四运动后，文学引进目的性明确，从未有过的民族危机使得文学社会功用的特殊需求产生，而《西风颂》中"西风"意象唤醒大地、摧毁枯叶、播种新生的无往不胜的力量正是中国当时社会所渴望的力量，《西风颂》自然也就变成了呼唤革命，歌颂革命力量，向旧社会、旧势力发出战斗宣言的篇章。《西风颂》的美学价值就存在于其社会影响和精神呼唤与当代社会需求的高度契合。人们以社会变革的审美角度对待文学作品，对其美学价值进行发掘，而文学作品的社会功用也得以延展丰富化。当代大学生接触到《西风颂》的时候也把"西风"意象模板化地接受为革命力量和人民大众的象征，一旦我们回归到文学审美的最初意义，我们对《西风颂》这首诗的审美角度就可以进行多元化探究，"西风"既是"破坏者"，又是"保存者"；"西风"从天地之间产生，随着自然形态发展而不断壮大，摧毁它的世界中一切旧的牵绊、阻碍，用不可阻挡的气势播种下新力量的种子，催生新的生命个体。这是什么？这是人类的新思想、新灵感到来的气魄。文人要创作出传世之作，就要突破自我，摆脱思维定式的窠臼，重新定义自我，重新诠释世界，这就是作者的灵感，这也是"西风"的力量，是"西风"意象的内涵。"西风"作为诗人灵感的解读却并不为

大多数的中国人所感知，我们反过来可以理解为此种社会功用的需求较弱。

英美文学的表现形式在当代中国社会已经呈现多元化发展态势，电视剧、电影、网络视频，甚至网络游戏等现代传媒产品中无不渗透着英美文学的各种元素，其社会功用的发挥再也不是简单地以某一个时期或某个团体的特定需求为转移了，时代审美标准进入多元化、不定性发展阶段，大学生群体作为当今社会较为前沿的文化团队，其审美教育承载着一个民族的未来审美趋向。不论是论及英美文学社会功用，还是大学生审美教育的时代性特征，我们都能得到一个清晰的结论，当代大学生审美教育和英美文学的社会功用之发挥是相互作用、互为补充的，其内涵也在不断丰富。只要我们能够把握塑造当代大学生主体意识形态这个根本途径，遵守英美文学社会功用必然受到时代审美标准的基本规律，正视它们之间的密切关联性，必然会促使英美文学的社会功用与其美学价值的发掘相辅相成。这种关联性不仅为丰富当代大学生审美教育途径提供理论支撑，为英美文学的社会功用拓展了时代特征明显的新领域，也为相关领域的理论和实践研究提供了更宽广的探索空间。

第五节　英美文学文本到影视思维的审美跃迁与融合

早在克里斯托弗·马洛与莎士比亚的世纪，世界文学的戏剧化表达就已沿着文学复兴之路扬帆远航，马洛与莎翁赖以支撑其戏剧的文学洞察力亦深受约翰·利里与基德风格的多重化影响，而此后的文学则开始经历了现实主义刻画入微的描绘与浪漫主义激情难抑的情怀的进阶审美表达。英美文学恰恰以这种层级不断递进的方式为影视艺术创作与表达带来了高潮不断的巅峰时刻。

一、影视与英美文学的融合

（一）叙事级表象化融合

文学是影视艺术的原初形态，而英美文学则是近现代世界文学的引领者之一。英美文学作品中的人物塑造有着鲜明突出的形象，而其表达则有着曲折跌宕的情节与激烈燃情的冲突。这样复杂化的创作给文学的影视化表达带来了一种母体的充分哺育，影视艺术创制在文学这一养分十足的沃土上的植根，为其带来了迅速成长为参天大树的最佳意识准备。无论影视艺术将如何发展，文学都始终会是影视艺术创制的母体，影视艺术一旦失去了文学的刻画力、洞察力、意识力，则必将沦为一场毫无存在感的闹剧。在后现代影视艺术作品之中，不仅有着纯粹的影视艺术化光影表达，并且，在光影之中，人们仍然能够非常清晰地看到文学的"立于文字、形诸想象、诉诸意象"的影子，而恰恰是这种文学与影视的双重叙事模式才使得英美文学中诸多鲜活的史诗般的形象得以跃然于大银幕与小荧屏之上，从而完成了文学长达十数个世纪沉淀的光影凝聚。

（二）文本改编级表象化融合

英美文学的文本述说为其影视艺术化表达带来了一个由抽象化图符向表象化影像改编转化的契机。这种限于时空的非完全对称与对位的改编转化，既为影视艺术化表达带来了表象化的必然性，亦为文学文本的内涵转化带来了一种由创制所决定的或然性。这种必然性与或然性建构起了影视艺术化表达的光影魅力，影视与英美文学的这种通感式的转化将传统的文学文本的抽象化思考一并转化为一种基于视觉的表象化思考。这种堪称伟大的划时代的转变为形象、直观、生动、具象地表达文学文本带来了一种超越文字的影视叙事的光影魅力。而影视艺术作为本体而言，其将英美文学文本进行了更加深邃的，并且时空场景、时空情境、时空意境直面文学的一种舞台化、戏剧化、生活化的跃迁。这种跃迁恰恰与约翰·奥斯本的由关注上层社会而俯身关切现代社会中越来越忧郁自怜的年轻一代的精神生活与精神世界如出一辙。这种文学与生活的融合恰恰以其文学性、社会性、关怀性而为影视艺术作品带来了一种改编级的表象化融合。

（三）文本重现级具象化融合

影视创制与英美文学文本的融合表达难点不仅在于改编转化，而且还在于重现、再现、反思等更加具象化的影视艺术化操作。从重现而言，文学文本中的岁月流逝的悄然变化，一旦具象化开来必然会遭遇到很多时空表达方面的问题，这些都为影视艺术化重现带来了不小的障碍，同时，文学文本中的时代感、社会感、历史感等亦是影视艺术化重现的难题；而针对这些问题的解决方略则在于将文学文本中的表象化述说向影视艺术创制的具象化述说进行无缝转换、无缝衔接、无缝重现。从这个意义而言，影视艺术的光影表达已成为英美文学文本中的一副具象化的新面孔，其实质上是一种具象化了的文学文本在光影中的舞蹈。文学文本的这种重现转化完成了文学具象化意义上的升华表达，同时，这种具象化的重现亦更好地诠释了文本级的文学影视表象化表达，并由此达成了述说文本与文本述说的表象化深度融合，进而由文学文本建构起一种电影思维，从而完成了一种由抽象到具象、由图符到光影、由想象到意象的伟大的思维跃迁。

二、影视与英美文学的抽象化进阶

（一）视听张力抽象化的融合

影视艺术化表达实质上是英美文学文本的一种变相视觉化输出。这种变相视觉化输出已成为英美文学原典的一种非常重要的具象化拓展与延续手段，甚至在这种变相视觉化输出的过程中已渐渐形成了一种以文学文本为支撑的影像文化表达。而针对这种影像文化表达的抽象，则能够清晰地看到影视映像中的文学原典剪影。同时，影视创制在建构过程中有着独特的时空性、立体性、抽象性；并在时空性与立体性方面延续了基于想象与想象实施的具象化表达，而在抽象性方面，则更多地依赖于文学文本中的语境、情境、意境的衍生方能更好地透过影视艺术创制技法来展现文学原典中的意涵、意旨、能指。并且，在影视创制的建构中，导演要将隐喻、反讽等高级创制技法进行恰当运用，以获得远比平铺直叙式的时空展现更加丰富的抽象化表达，而这些综合性表达的最终目的是为观众带来更为强大的视听张力。可见，抽象化表达能够实现影视创制与英美文学文本在更高层级上的互动，同时，抽象化表达亦是影视创制与英美文学在具象化与表象化融合表达之上的一种更高层级的审美思维延伸。

（二）多元抽象化的进阶融合表达

影视艺术对文学原典有着宿主般的依赖性，而文学原典则为影视艺术带来了图符表达的抽象化支撑。在抽象化图符表达的层面上，文学原典中的文本与影视艺术化创制有着基于文学文本核心的抽象化融合性，同时，文学文本更为影视创制赋予了一种既可以遵循文学原典，又可以进行无极化发挥的时空、视听、叙事、演绎等的巨大空间。文学文本所涉猎的多学科内容亦为影视艺术创制建构起了文学文本与影视创制融合的多元化的科学、社会、文化、艺术模因。这些多元化的模因为影视艺术化表达文学文本带来了更加多元化的创制选择，由此可见，影视艺术化表达与文学文本之间早已形成了一种错综复杂的你中有我、我中有你的"量子纠缠"。这种纠缠对更加透彻地表达西方文学图符抽象中的人性化内涵尤为重要，并且，影视艺术创制的多样化表述亦为文学文本带来了基于文学内核，却在形象化审美方面高于文学文本抽象的艺术化、趣味化、在场化、切近化的表达。

（三）还原抽象化的进阶融合表达

除文学细节的真实以外，作为脱胎于文学的影视艺术作品，要以再现文学作品典型环境中的典型人物作为最根本的抽象化融合表达。在文学界与戏剧界曾经有过孰优孰劣孰更深刻的争论，有一种论调认为影视艺术化表达是文学文本的一种形式上的简化。这种简化更易于为更多的普通大众所接受、理解、欣赏，而实际上，这种论调的错误之处恰恰在于其对影视艺术创制的肤浅了解，好的影视艺术创制能够将文学文本中的抽象化表达隐喻于影视映像的光影之中，并且，影视艺术创制技法将看似繁复的文学文本抽象图符化繁为简，以一种外表具象化而内里抽象化的形式，加以更加艺术化、直观化、含蓄化的表达，从而将文学文本对影视艺术创制的规训进行着基于深刻理解基础上的诠释。而观众则会在无差别地全盘接收光影映像的过程中，由其思维审美进行着有差别化的由具象化到抽象化的提取、分析、感知，从这种意义而言，显然文学文本与影视创制已经在更高层级上进行了不可分割的深度融合。

三、意象化的深度融合表达

（一）承前启后意象化的融合表达

从影视创制与英美文学在抽象化上的深度融合可见，影视创制已成为文学文本的感性化能指，而文学文本则成为影视创制的理性化所指。正如萨拉·凯恩在其戏剧文学作品中所描绘的那样，影视与英美文学的意象化融合关键在于透过文学的追索获得一种文学文本与影视艺术表达的多重极致境界。这种多重极致境界，既可能是颠覆的、暴力的、孤独的境界，又可能是权势与精神崩溃的境界，同时，更可能是至死不渝的忠贞爱情的至高无上境界。这种极致境界在意象化层面上的融合表达既为文学文本带来了一种意象化的升华性，又为影视映像带来了一种意象化表达的必然性，同时，更为文学与影视艺术的深度融合带来了一种切近性、在场性、贯通性，从而由文学与影视艺术二者的深度融合直接催化了燃情爆绪的情感导火索。这种萨拉·凯恩式的文学与影视艺术的极致境界融合昭示着英美文学与影视艺术的此先彼后的现实主义幻灭，与一个崭新的英美文学与影视艺术并辔而行的现代主义与后现代主义的发轫。

（二）文化模因级别的意象化融合表达

影视创制与英美文学承前启后的意象化融合，为意象化表达带来了更为进阶的观察视角。影视创制与英美文化有着远超传统认知的深度融合性，英美文学的戏剧性的、厚根深植的、扎实的历史、社会、文化基础，已然为其蕴蓄了浓郁沉淀的意象化表达的沉浸与移情的文化模因，恰恰是这种文化模因使得其他国家针对英美文学与影视艺术的单纯模仿均无法达到其目前的高度。因为，影视艺术创制实际上已经与英美文学在更加形而上的层面上进行了潜移默化的深度融合；而观众所欣赏到的光影则仅仅只是这种深度融合的表象化与具象化的一种结果而已。例如，根据萧伯纳的《匹克梅梁》改编而成的《窈窕淑女》一片，即以其中的文学意象而向影视艺术创制形成了一种强烈的融合着奇特生活感受、适度理性怪诞等意象化的复合化规训。这种复合化规训与光影表达一并形成了一种基于意象化升华高度的水乳交融，从而将萧伯纳对于人类社会、历史、价值三位一体的深刻崇高的思考表达得淋漓尽致。

（三）意识流意象化的融合表达

影视创制与英美文学的意象化表达技巧不仅繁复且手段多样，并且，在意象化表达的过程中，同样技法的正反两方面运用，不仅无关对错反而各有千秋。最著名的经典例证就是莎士比亚与本·琼生各自作品改编的影视艺术杰作，其在莎士比亚的逆反三一律与本·琼生的严格遵循三一律的各自领域均展现出影视艺术创制的不同艺术魅力。同时，更由不同的艺术创制途径而展现着意象化略同的人文主义的精神表达；而针对这种现象加以科学抽象，则不难发现，二者皆有着相同的文学灵魂核心，换言之，皆有着初心相同的文学根性表达。由此可见，文学的灵魂核心为影视艺术创制提供了一种基于无极化表达的意象化升华。在莎士比亚的《哈姆雷特》《奥赛罗》《李尔王》《麦克白》等巨著中，人们亦能够清楚地看到，一个大时代的宏观与微观兼备的以通天之心与彻地之眼所进行着的灵魂表达。而本·琼生的《狐狸》一片中，观众则能够看到一场人性扭曲、贪婪、反常的理性表达，而这正是英美文学的独特魅力，借莎士比亚与本·琼生等之手，令人们看到了只能透过心灵加以感应的内在世界的意象化光影。

影视艺术化创制以文学为本质，同时，更在文学本质与影视映像之间建构起了一种直观、生动、鲜活的传达纽带。影视创制与英美文学之间虽然在表现形式、表现手段、表现时空等方面有着极大的迥异性，然而二者却在超越了表象化与具象化的层级上存在着抽象化与意象化表达的深度融合性。这种深度融合性成了英美文学文本中的思想、哲理、意识等形而上意蕴的最终转化。客观而言，影视创制实质上就是一种感性化表达的文学文本，而文学文本实质上亦是一种理性化表达的影视创制，二者有着理性宿主与感性皈依的内在不可分割性，并由此而成为文学原典意涵的一体两面。

第六节　大学英语教材中相关英美文学知识的多维审美

　　随着我国教学工作的逐步完善，在大学英语教学过程中，关于英美文学知识的多维审美能力的培养工作面临各种困境。在相关英美文学知识的学习过程中，学生往往将学习的重点放到考试上，不愿意花费时间和精力去阅读文学作品，教师的教学方式也仅仅局限于英美文学作品的语言分析和讲解上。因此，本节以实践教学为例，旨在更好地引导学生提高关于英美文学作品中的多维审美能力，教授学生新型的学习模式与分析方法，不断地培养学生的自主学习能力和创新思维等，并提出相应的建议，旨在建立新型的英语教学模式，更好地开展英语教学工作。

　　在开展相关英美文学知识的教学过程中，英美文学知识中的多维审美能力一直不被教师和学生重视，导致其无法很好地促进学生发展，帮助学生更好地掌握英美文学知识。教师在教学过程中为了让学生更好地学习和掌握英美文学知识，在文章讲解前必须要介绍英美文化的背景，强调文学作品的作者和其相关的信息，但在实际的教学过程中，由于课堂时间有限导致教师无法进行详细的解释与说明，影响了整体的教学质量和教学效果。此外，大多数学生在学习英美文学知识的过程中，将学习的重心放在相关的应试技巧上，但是英美文学知识作为一类重要的人文社会科学，其中的多维审美能力也属于学生必备的文学素养之一，在学生的学习过程中发挥着重要作用，因此，必须不断培养学生关于英美文学作品的多维审美能力，让学生更加全面的发展。

一、大学英语教材中相关英美文学知识的多维审美能力的作用

　　在大学英语教材中，相关的英美文学作品常被用作英语教学工作中的重要语言材料，并且将其作为教材中的主要文章。学生在学习过程中通过理解、朗读、背诵和翻译相关的英美文学作品，逐步分析相关英美文学知识的学习方法和表达方式以及文章所对应的文化背景，在这一过程中，学生通过学习英美文学作品中的多维审美方法，可以进一步加深学生对英美文化的了解。学生要想很好地了解西方文化，必须加强相关英美文学知识的多维审美能力，让学生能够在与西方国家的人们的交流过程中更加得体。同时，在学习过程中，要结合具体的英美文学作品中的人物性格、故事情节、文化背景以及作者的写作手法和所传达出来的主题思想、语言特点等，进行深入的分析与研究，进一步了解不同

文化之间的联系与区别，把握作品中不同的表达方式的作用，提高自身的多维审美能力。

二、大学英语教材中相关英美文学知识的多维审美能力的必要性

在新课程教育的改革要求下，大学英语的教学目标有所改变，更多地侧重于对于学生综合语言的掌握和运用能力，不断提高学生的词汇量。在我国大学英语教学工作的开展过程中，主要的教学目标是培养全方位的国际化人才，通过加强与各国之间的文化交流与往来，了解各个国家不同的文化背景，并且掌握相应的语言，通过英美文学知识更好地培养学生的多维审美能力，塑造新时代下的现代化人才。

三、关于英美文学作品的多维审美能力的教学现状

当前在我国的大学英语教学中，关于提高学生对于英美文学知识的多维审美能力的教学模式主要有两种，一种是大学的相关组织机构开设相应的英美文学知识的选修课程，另一种是在大学的英语课程中安排相关的英美文学作品的鉴赏和学习内容。具体而言，第一种教学模式是英语教师采用传统的英语教学方法，主要讲解相关英美文学作品中的多维审美方法。由于在文学发展历程中，文学作品的种类多种多样，相关作品的作者的写作方法和风格也有所不同。而在英语的课堂教学中，由于时间的限制使相关英美文学知识的讲解不够详细，学生在整个学习过程中处于被动的地位，对于文学知识只是单纯地机械记忆，并没有结合自己的理解，更没有将相关的知识转化为自己的知识，从而丰富自己的视野。同时，在当前的大学英语教学过程中，教师主要侧重于对于文学作品中的句子、词语和相关知识点的讲解，而将英美文学中的多维审美知识单纯地作为一种语言教学而一笔带过，不能很好地培养学生关于英美文学作品的多维审美能力，使学生的自主学习能力下降，进一步降低了学生的原创力、想象力和审美能力。第二种教学模式主要是在课堂中直接进行相关知识的讲授，但由于课堂时间减少，导致介绍比较简单，使学生们对整个文学知识的印象相对比较模糊，没有很好地做到有效学习。

四、提高关于英美文学知识的多维审美能力的教学模式

笔者结合具体的教学实践，并根据大学生的学习方法，提出了新型的教学

模式，具体阐述如下。首先，在学习过程中教师要着重进行知识的背景情况的介绍，让学生更好地把握作品的特点和写作手法。其次，英语教师要对文学作品中的人物性格进行详细分析，找出作品中的线索，使相应的分析有理有据，同时也要注意作者在相关人物塑造方面的主要写作方法，引导学生自主学习，并归纳总结出相关的人物特征。最后，在英美文学知识的学习过程中，要想培养学生的多维审美能力，仅仅停留在人物性格的分析上是远远不够的，还应该进一步研究作品的主题思想，通过全方位的学习加深学生的理解，让学生更加全面的发展。此外，在教学中，还要鼓励和引导学生进行课外阅读，让学生在自主学习的过程中体会英美语言的魅力，学会运用相关的文学作品的分析方法，加深对文学知识的理解与认识，了解不同国家的文化背景和历史发展等，调动学生的学习兴趣，提高学生的实践能力，让学生具有较高的多维审美能力。

为了培养现代化的国家人才，在大学英语教学中逐步引入英美文化和相应的文学知识，从而让学生们掌握更加丰富多彩的文化知识，使学生具有较强的自主学习能力、信息接收能力、语言鉴赏能力、文学审美能力以及创新能力等，实现学生全方位、多层次的发展。

第四章　英美文学作品的研究与应用

第一节　中西文化语言差异下的英美文学作品
翻译与赏析

　　中西文化语言之间存在着明显的差异，这些差异并不局限于语言本身，而是与各自的历史文化背景密切相关。这就需要翻译工作者在对英美文学作品进行翻译的过程中，要对作品的文化背景准确定位，通过运用翻译技巧做到文化差异性的通约，使得所翻译的语言能够促进文化之间的互通性，体现文化的共性。本节针对中西文化语言差异视角下的英美文学作品翻译与赏析展开研究。

　　经济全球化发展促使世界各地的文化快速传播，国人有机会接触到了更多的英美文学作品。由于各个国家的历史文化背景不同，英美文学作品的思想表达也会存在着不同，国人对于英美文学作品要准确理解，有赖于翻译工作中还原作品的文化内涵，让读者对于作品的精神实质准确领会。中西文化语言之间所存在的差异使得中西文学作品各有特色，这是文化大背景下多元文化的体现。读者通过阅读英美文学作品，可以领会到英美国家的文化风格。英美文学作品使用的英语本身就是一种文化，翻译工作者所发挥的作用不仅是语言的转换，而是要将中西方文化的壁垒打破，寻求中西方文化的共性，采用正确的语言表达方式，保留了英美作品的原意，使其符合汉语语言文化的特点，做到文学作品内在含义的准确表达。

一、中西方文化之间所存在的差异

（一）中西方文化之间的价值观取向不同

中西方文化之间的价值观取向不同，主要体现在中国文化更具有群体性和社会性，西方文化中更多地体现了社会价值观。对于西方国家的人而言，个人的利益是不可侵犯的，个人有自由的权利，所以，他们更乐于追求属于自己的生活方式，不愿意被环境所干扰，也不会由于外界因素而影响自己的行为。中国的文化意识中更为注重集体价值观，注重整体价值，倡导集体利益先于个人利益。

（二）中西方文化之间的地方风俗不同

不同的国家有不同的风俗文化。风俗产生于民间，是人们日常生活习惯长期积累下来的文化，即历史文化积淀。风俗文化会随着社会的更替而有所改变，但是，固有的文化依然会传承，这就形成了文化主流。中国与西方国家各有自己的风俗，它们所体现的文化特点也会有所不同。

比如，中国的国色是红色，这个颜色代表了"幸运""吉祥"；喜庆的日子张灯结彩也是以红色为主，象征着红红火火；红色也用来表达进步的意思。总而言之，这个颜色在中国的文化中是有积极意义的。

西方文化中红色表达的含义就有所不同。比如，在英美文学作品中看到"see red"，就是非常生气的意思，已经气得快要疯了。这个词组很形象，人在非常生气的时候会满脸通红，这个形象就是"大发雷霆"了。"paint it red"，简单的字面翻译是"把它漆成红色"，但是在英美文化中则是"骇人听闻"的意思。所以，在英美文化中，"red"不仅仅是用来表示颜色的，还有很多其他的意思。

可见，地方风俗不同、文化背景不同，相同的词汇所表达的含义就会有所不同。

（三）中西方文化之间的非语言文化存在差异

中西方文化之间的非语言文化存在差异，主要体现在行为举止上。虽然人与人之间的交流以语言为主，但是语言并不是唯一的交流方式。在人际交往中，手势、眼神、表情等都发挥着作用。特别是在特殊的场合，只可意会不可言传时，使用非语言发挥着不可替代的作用。

中国人在见面的时候，通常都是用"握手"表示友好，西方人则是用"拥抱"表示友好。在西方的文化里，双方进行交流需要看着对方的眼睛，如果不看着眼睛就说明对交流是一种敷衍态度，心里其实并不感兴趣。中国的文化里，双方进行交流也需要看着对方，否则就是对对方的不尊重，也是不礼貌的行为。

二、中西文化语言差异视角下的英美文学作品翻译策略

（一）英美文学作品翻译的直译法和意译法

英美文学作品所塑造的语境都是基于特定的文化背景，建立在西方历史地理条件下的，在对英美作品进行翻译的过程中，就要对作品中所塑造的文化环境充分考虑。在进行英美文学作品翻译的过程中，要从西方文化的角度对英文作品所表达的原意准确领会，翻译为汉语时还要考虑到中国文化和汉语语言环境，翻译的过程中要采用一些翻译技巧，确保翻译的作品要保留原意，且使读者能够了解作品的背景文化。

英美文学作品的翻译主要采用两种翻译方法，即直译法和意译法。这两种翻译方法各有优缺点，所以在使用中，要根据翻译的需要灵活运用，目的是让读者能够从西方文化的角度正确理解英美文学作品所要表达的内在含义。

在英美文学作品的翻译中采用直译法，就是在翻译中直接将作品中的英语语句翻译为汉语，所翻译的语句遵循原文的语言表达风格，保留了英美文学作品的原创性，而且在直接的语言转换中，翻译者并不会从主观理解的角度出发加以引申。英文与汉语之间存在着对应关系，读者可以对英美文学作品的内容充分理解，也可以从中了解英美文化。

在英美文学作品的翻译中采用意译法，就是在翻译英美文学作品时，考虑到西方文化与中国文化之间所存在的差异性，使英美文学作品中原有的语言结构被破坏，不能够与翻译为汉语的语言之间形成对应关系。这种翻译方式是翻译者对英美文学作品进行了二次创作，将自己的主观思想融入其中，将作品要表达的意思从西方文化的角度进行理解，寻求西方文化与中国文化之间的契合点，以这个契合点为核心从汉语文化的角度对英美文学作品内容进行重新表达。对英美文学作品采用意译法，不仅实现了文化角度的转换，还实现了思维的转换，使得作品的原意被完整地表达出来，读者对于翻译作品内容的理解更为准确到位。

简单地说，就是直译法可以将英美文学作品的原文语言风格保留下来，语言形式没有改变；意译法就是作品的内容可以保留下来，但语言形式发生了改变。在翻译中合理使用翻译方法，能够让英美文学翻译作品给人以美感。

比如，《德伯家的苔丝》这部小说中有这样的一句话："The rosy-cheeked, bright-eyed quartet looked so charming in their light summer attire, clinging to the roadside bank like pigeons on a roof-slope, that he stopped a moment to regard them before coming close." 。

对于这句话，如果翻译者采用直译法，就可以翻译为：她们四个人的面颊红扑扑的，眼睛很明亮，看上去是那样迷人的夏季服装，像蹲伏在屋脊上的鸽子一样挤在路边的土坡上。他站在那看了一会儿后，才逐渐地走近这些姑娘。

很显然，这句话用这种直译的方法是不太合适的，而采用意译法会更好一些。

对于这句话，如果翻译者采用意译法，就可以翻译为：她们四个人，个个都是脸上红扑扑、眼睛水汪汪、夏服轻飘飘的，挤在路旁的土坡上面，就好像是一群鸽子一样，看着非常迷人、可爱，所以他先站住了，欣赏了一番之后才走近前来。

采用意译法不仅能够准确地表达原句的内容，而且还让语句更有美感，使读者读起来就能够想象到作品描绘的情境。意译法还可以使文字读起来非常有韵律，能够给人以深刻的印象。

（二）英美文学作品翻译中的语言风格表达

英美文学作品翻译中，要保持翻译的文字与原文有相同的风格。所以，在翻译的过程中，要对原文的写作风格进行细细推敲，还要深入理解作品的文化内涵，了解作者的写作意图以及写作背景，采用恰当的方式进行翻译，将作品的思想情感通过翻译的语言表达出来，由此不仅保留了英美文学原著的特征，还不失翻译作品的美感。

事实上，英美文学作品翻译的过程就是中西方文化交流的过程，英美文学作品经过翻译后就可以起到文化沟通桥梁的作用。所以，在翻译英美文学作品时，要全面了解有关作品的知识，准确把握语言的特征，保证翻译作品的真实性。

进行英美文学作品的翻译时，要从作品的整体性出发选择合适的翻译方法，要能够准确地表达文学风格，突出文学艺术性，让翻译的作品更具有文学色彩，让翻译作品对读者更具有吸引力。

综上所述，英美文学作品翻译属于系统化的翻译活动，而并不是简单的语言转换，因此要考虑到中西文化的差异性。在翻译工作中，文化是需要考虑的重要问题，也在翻译中发挥着重要的载体作用。在英美文学作品的翻译中，就要采用相应的翻译方法，重视中西文化差异，保留原文的真实性，同时又不失译文的艺术性。在文学作品中塑造的文化背景下进行翻译，可以促使英汉两种语言融合，对于中西文化交流也可以起到一定的促进作用。

第二节　经典英美文学作品在英语教学中的运用

经典英美文学作品不仅是人类文化的集中体现，其中也包含很多语言学习的价值，应该在英语教学中发挥更大的作用。新课标和英美文学本身的人文价值，体现了在英语教学中大量应用经典英美文学作品的必要性；在经典文学作品引入英语教学的过程中要注意遵循充分性原则、规范性原则和适度性原则；在教学过程中还可以多应用文学作品开篇吸引学生的注意力、借助经典作品创设英语教学情境、利用经典作品的思想感情来升华英语文化接受度、对经典作品进行批判性的反思等，以此来提高教学质量。

长期以来，英语课程已窄化为英语知识的单一讲授与识记，丰富生动的语言知识变成单词、语法、句型等枯燥的知识点。经典英美文学作品能深刻表现出社会精神和人文情怀的特点，生动展示人类活动的变迁和发展。在英语教学中运用经典英美文学作品，通过其中蕴含的丰富的思想、强烈的情感、优美的文字描述，可使学生感知"有思想"的英语、"有情感"的英语、"有文化"的英语，感知英语之中跃动着的生命。笔者将从应用的必要性、应用原则与方法技巧等三个方面，探究一下经典英美文学作品在英语教学中的应用。

一、英语教学中应用经典英美文学作品的必要性

（一）新课标的内在要求

英语教学是全面提升学生综合素质、开阔学生国际视野的重要教学内容，也是现实升学考试中的必考科目，因此得到了社会广泛的关注。在 2014 年国家教育部颁布的新的《普通高中英语课程标准》中明确提出："就人文性而言，英语课程承担着提高学生综合人文素养的任务，即学生通过英语课程能够开阔视野，丰富生活经历，发展跨文化意识，促进创新思维，形成良好品格和正确价值观，为终身学习奠定基础。"掌握英语知识不是英语课的唯一目标也不是最终目标，而是全面提高人文素养的基础和载体。我们可以借助经典英美文学作品丰满的"血肉"来调动学生的主动性和积极性。通过引导，学生能够举一反三，联系实际，激发研究兴趣和主动研究的精神。

（二）经典英美文学作品的人文价值

不管是何种文学题材、何种文学体裁，文学作品在一定程度上都能够反映现实的生活，都是一定社会生活在人脑中反应的产物。经典英美文学作品之所

以能够成为"经典"，是因为它能够生动地揭示和展现当代的社会生活风貌和英语的时代精神，具有枯燥的文章无法替代的作用。英语教学不仅仅是让学生记忆大量的单词、熟悉语法，还需要培养学生学习英语的兴趣和自学的能力，更为重要的是使学生体会英语作为一种语言背后所蕴含的文化。经典的文学作品既有丰富的语言知识，更代表那个阶段文学的素养与成就，也反映了一个民族最深处的精神文化，这种人文价值是深层语言学习所要重点培养的内容。

二、英语教学引入经典英美文学作品的原则

（一）充分性原则

在使用经典英美文学作品时，我们应坚持充分使用教材的原则，这是一个前提条件。教材中的经典英美文学作品都具有典型性，生动且简明扼要。教师在教学中一定要加以重视，好好利用，通过对文学作品的充分讲解，会让学生有一种身临其境的感觉。

（二）规范性原则

英语不是文学，更不等同于文学。英语是一种语言，是人类描述世界、解释世界、相互交流的媒介。我们学习英语的目的就是要扩展跨文化沟通、向世界讲述中国。经典英美文学作品虽然也能反映英语中的一些语法和语言习惯，但其中必有一定的夸张性、时代性和价值性。这与语言的规范性要求有一定的差距，因此不能将文学作品中的语言直接作为语言教学的内容。

（三）适度性原则

经典英美文学作品有很强的文化价值，但并不是说所有的经典英美文学作品都有语言学习价值。文学可以作为英语教学的辅助工具，但绝不能等同和混淆，也不是所有的英语课都必须使用经典英美文学作品。与其用得不当、不好还不如不用，以免起到事倍功半的效果。这就要求教师在运用时掌握好一个度。教师要注意所选经典英美文学作品的难易程度，循序渐进，避免选用过于深奥和艰涩的古典英美文学作品，尽量选择通俗易懂的、富有代表性的，这样教师就不必在解释内容上浪费时间了。

（四）发展性原则

经典英美文学作品是一个时代文化的反映，代表当时的作家对所处社会环境的反思，是语言教学的重要内容。要想将文学更好地应用在英语教学中，就

要求教师不但要有较深厚的文学积淀，还要能运用生动的语言，吸引学生在阅读文献的时候得到美的享受。做到这点并不容易，这就要求我们的英语教师平时要严格要求自己，多增加在这方面的了解和涉猎，多读一些经典欧美文学作品，能够选用恰当的经典欧美文学作品，并且应用到英语教学中来。将文学作品的时代性与语言学习的时代性充分融合，发展英美文学作品的语言功能，弱化文学作品中不符合时代感的内容。

三、英语教学中经典英美文学作品的应用技巧

（一）用文学作品开篇吸引学生的注意力

一节好的英语课不仅要将知识传授给学生，更要引导学生对英语产生兴趣。笔者认为好的开头是十分必要的。一个精彩的导入，会使这节课生动、充满趣味性，能够引起学生的好奇心和学习的积极性与主动性，点燃他们的求知欲，达到良好的互动效果。俗话说万事开头难。有一个好的开头，一堂课也就成功了一半。那么如何才能做到引人入胜、精彩又充满知识性呢？首先，教师应考虑到他们的教学对象——活泼好动且充满好奇心的学生。兴趣是最好的老师，也是激发学生积极性的有效方法。比如在讲到课文之前，可以先讲一段英文小诗，吸引一下学生的注意力。再让学生分析这首小诗如何翻译更美妙，顺势导出要讲的内容，将学生们引入本课的正课学习。当然好的导入不仅仅局限于某种形式，只要是能突出本课的中心、符合课程的要求，我们都应该大胆尝试。

（二）课前充分准备，将知识点巧妙引入

很多英语教师对经典欧美文学作品的认识还是停留在小说的范畴，事实上诗歌、戏剧、演讲稿、散文等在社会文学作品传播力方面影响更大，可能更为学生所熟知。因此，在英语教学中引入经典文学作品时要进行充分的准备，不能生搬硬套，各教学环节要进行充分的设计，让学生们了解、认可、熟悉，进而达到促进英语语言学习的目的。作为授课教师，只有做到自己能够熟练于心、步步为营、力求稳中有变，才能使经典欧美文学作品在英语教学中发挥最大的效力。这就要求在备课时教师要将每一个环节都想到最细，精心地设计好每一个问题和情景。教师要把握课堂的节奏，烘托课堂气氛，引起认知矛盾，激发学生的好奇心，力求充分发挥学生的想象力，做到稳中有变，并把可能产生问题的概率降到最低。

（三）借助经典英美文学作品创设英语教学情境

英语教育要真正给人以智慧和启迪，使学生成为有情操、会思考的人才，而不是成为一个小型的"英文字典"。根据英语教材的特点，在授课过程中，教师应积极为教学创设情境，激发学生想象，帮助他们理解教材。这时经典英美文学作品就成了一个很好的帮手。受篇幅所限，英语教材很多地方缺乏充分反映社会生活的素材，教师应该尽可能通过各种手段展现人类进程中丰富的英语文化，多角度认识人类社会发展的脉搏，通过文化理解课文中人物的所思、所想，进而熟悉语言在文化中的作用。

（四）利用经典英美文学作品的思想感情来升华英语文化接受度

在英语教学中，要让学生通过对英语知识的学习，形成开放包容的性格，发展跨文化交流的意识与能力，促进思维发展，形成正确的价值观和良好的人文素养。教师在讲完某一章节时，往往都会布置一些课后的练习题让学生们去做，以求巩固知识点。但效果往往不尽如人意。所以，一节好的英语课不仅要包括精彩的开篇、引人入胜的课堂流程，最后的升华情节也是必不可少的。它不但可以帮助学生加深对本课的理解，更能培养学生的自学能力，加强他们对一些难点、重点的揣摩。教师应帮助学生更深刻地理解课文内容，让学生在经典英美文学作品中寻找英语的脉搏，提高英语语言的使用程度和文化的接受度，培养跨文化交流的能力。

（五）对经典英美文学作品进行批判性的反思

学生还处于感性阶段，对待事物往往还停留在事物的表象，而且不太习惯在大的英语背景下进行分析和思考。教师就可以借助经典英美文学作品帮助学生加以理解。但是文学是意识形态的一个重要的组成部分，也有一定的阶级倾向，在一定程度上反映了作者的文化情感和价值取向。这些价值取向和人文精神有些与我国的国情不相符合。在课堂上使用这些文学作品进行教学的时候，要对其进行批判性的反思，防止不良价值观念对心智尚不成熟的青年学生造成危害；同时引导学生树立社会主义核心价值观，培养学生形成系统性的逻辑思维。

第三节　哥特因子在英美文学作品中的作用

哥特式风格的英美文学作品，近年来很受人们的追捧与喜爱，其独有的风格展现在文学作品当中，使得作品拥有莫大的吸引力，并被部分学者视为"欧洲文学的第三源头"。通过分析哥特风格的存在特性及发展，从哥特式小说的故事背景、情节、人物及主题上来分析，并以此来对英美文学作品中的哥特因子进行探讨，揭示哥特文学在英美文学中的作用。

哥特式风格的英美文学作品，自诞生开始就受到人们的唾弃，甚至一度被认为是"低端、非主流"的作品，至 18 世纪末期，哥特式小说才得到了广泛的推崇。为什么曾经一度被视为低端风格的哥特式小说，却在很大程度上影响着西方文学史坛，甚至直至今日依然得到人们的推崇？纵观众多的英美文学作品，不难发现，这些作品正是由于其存在着哥特因子而得到广泛的流传。例如，英国著名文学作品《呼啸山庄》，以及戏剧大师莎士比亚的《哈姆雷特》《罗密欧与朱丽叶》《李尔王》，再到美国文学史中的《献给艾米丽的玫瑰》《厄舍古屋的倒塌》以及《红字》，等等，这些作品中各自都蕴含着哥特风格：故事背景阴森、恐怖；人物性格扭曲、癫狂；故事情节神秘、悬疑，让人始料未及。在英美文学中，相当一部分作品采用这种方式，不同的作者对于哥特因子在文学中的运用也各有不同。

一、哥特式的起源及其特点

哥特式最早是用于形容中世纪欧洲的一些城堡建筑，这些建筑的特点往往都充满阴森、恐怖的特点，给人的感觉有些偏向于邪恶。至 18 世纪初，霍勒斯·沃皮尔的作品《奥特兰托城堡》问世，作品风格神秘、阴森，这是哥特因子正式被用于文学创作当中并呈现在世人的眼前。也正是因为哥特式风格的诡异等特性，哥特式风格的作品并没有在文坛上取得很高的地位，那种神秘、阴森是早期哥特式文学作品不受欢迎的最主要的原因。尽管如此，哥特式文学的流传并没有受到影响，这种风格的作品逐渐在英美文学中占据重要的地位。18 世纪末期，哥特式风格文学的影响到达了一个相对强盛的时期，诸多的英美文学因其蕴含的哥特因子而被当时的流浪诗人所歌颂、传播，现在众所周知的英国文学作品《呼啸山庄》正是当时哥特式作品的代表之一。那时涌现出了不少的名著为后世流传，哥特式文学也是在那个时期奠定了其后期兴盛的基础。

哥特式文学有着非常明显的特点。无论是小说中的人物描写、背景叙述、故事情节的设定，还是全文的风格及结构都反映了超自然的力量，这类小说以其恐怖、惊悚的特点而为后人流传。其主要的特点首先是对于环境的描写以阴森、恐怖为主，比如中世纪的欧洲古堡的形象常常被运用在小说的建筑物当中，这与中世纪欧洲的社会背景有关，当时整个社会充满着杀戮、黑暗，古堡的形象也一度黑暗、阴森。长时间无人居住的古堡，长满青苔的外表，腐烂的内部结构，甚至于古堡前的道路都被黑褐淤泥所覆盖，给人的整体感觉就是偏向于阴暗、恐怖；在故事情节方面更是出人意料，整体结构表现得非常离奇，充满悬疑、神秘，恐怖灵异的事件层出不穷，扑朔迷离的结局和各种晦暗的线索引导着故事的发展；而在人物角色上则常常描写得与众不同，将人性的丑陋负面统统加到人物身上，并进行细致的描述，让人悚然。主人公常常遭遇非人的待遇，从而使性格及心理发生扭曲。在非哥特式小说中坏人的形象被充分地运用到哥特式小说的主人翁身上，变态、心肠狠毒、疯癫、痴狂等一系列负面元素毫不忌讳地被运用。哥特式文学正是以这种独具一格的特点，为英美文学注入了新的血液，使其充满生机，吸引着人们的注意。

二、哥特因子在文学作品中的作用

（一）哥特式的故事背景：营造神秘感

在哥特式小说中，对于环境的描述，通常以秽暗、阴森为主。破旧不堪的中世纪欧洲古堡建筑、颜色暗淡的灯光、空气中腐朽的气味等一系列偏黑暗、污秽的色彩和气味充斥于作品中。这些环境描写模式被广泛运用于作品的气氛渲染中，给读者营造一种神秘、悬疑的感觉，并以此展开故事的情节。

以美国作家霍桑的《红字》为例，小说一开头就大量描绘监狱中的环境，通过监狱中特有的阴暗、暴力、阴森等特点的展示给故事营造一个哥特式开局。同时全文整个故事的场景也多数发生在监狱以及地下室当中，小说情节的转折点也通常是在监狱之中，在地下室则留下足够的悬疑。小说特意通过描写陌生的恐怖叫声，以及监狱的肮脏来渲染气氛，同时地下室里会出现一些让人沉思的线索，如某些东西被烧毁而留下的痕迹……更甚者就连主人公的居住地也是一座古老神秘的破旧城堡，长满青苔的城堡外表，充满发霉气味的室内，给人的第一感觉就是这是一个很久没人居住甚至被遗弃的城堡，但作者却把主人公安排在这个城堡中居住，使读者很容易产生兴趣。

再如《带有七个阁顶的房子》这一小说最能显示出哥特式风格的就是其阴森、恐怖、黑暗的故事背景。街道旁的木质建筑物十分阴森和黑暗，外面看似完好的房子，其实内部已经破败，甚至腐烂，房屋的七个阁顶分别指向不同的方向，与中世纪欧洲的古老城堡如出一辙，阳光无法充足照射房子的内部，使房子内部充满着阴冷、秽暗，阳光与阴暗的反差非常鲜明。

在哥特式的文学作品中，为了使故事更加诡异、神秘，很多作家在处理故事背景上手法相当独特。英国文学中，具有代表性的哥特式作品《呼啸山庄》，其故事背景就发生在中世纪的欧洲，在荒野的山庄里。作者艾米莉·勃朗特为了给故事情节做铺垫，对于背景的描写呈现出相当诡异的特色，小说中的建筑物除了呼啸山庄，周围都是荒芜的荒原，阴暗无尽头，甚至于对窗户的描写都显得独特，深深镶嵌于墙皮内的狭小窗户，使整个呼啸山庄给人的感觉就是缺少阳光，并且阴冷和昏暗。

这种对于背景氛围的描写，在哥特式小说中很常见。对于营造神秘感这一哥特因子的运用已经渗入到西方文学中，成为哥特式作品不可或缺的一部分，甚至还影响到后来的小说创作。风靡当今的小说《哈利·波特》系列，其故事场景就是以一个破旧的城堡展开的，神秘古老的城堡、穿着奇特的人、城堡内神秘的构造、错综复杂的过道以及秽暗的地下室和充满恐怖惊悚气息的长廊，这一系列描写都淋漓尽致地展现了哥特式的风格，而这也是其风靡全球的一个重要原因。

（二）哥特式人物形象：扭曲的内心世界

纵观英美文学作品，可以发现其中很多的人物描写都充满着哥特式的风格，这些人物有着共同的哥特式特点：各自有不一样的生活环境、不一样的人生际遇，却都有扭曲的、癫狂的个性，或神秘、或狠毒、或阴暗的性格特点，经历着或者经历过非常人的痛苦及变态的生活与过往，等等。其中最具代表性的关于哥特式人物的描写当属18世纪的英国著名作家艾米莉·勃朗特的《呼啸山庄》。小说中的人物，大多具有矛盾复杂的心理特点。他们有着与常人不一样的深色皮肤以及健硕的身躯，但却受到不公平的待遇，从而导致心理的扭曲、性格上的变态。在仇恨的支配下，他们带着疯癫的复仇精神，常常做出一些惨无人道的举动。文中的主人公希斯克利夫就是一个非常具有哥特式风格的人物。在爱情上受到的不公平对待和情感磨难，使他经历了非常人的痛苦与折磨，导致整个人性格以及心理上发生扭曲。当希斯克利夫得知幼年时期的爱人凯瑟琳背叛了他之后，心中的怒火被点燃，并且把怒火发泄在周围的人身上，对他们都产生了深刻的怨恨，癫狂地进行报复，而且报复手段极其变态残忍，如把伊萨贝拉的狗吊死等。作者以哥特式的方式把希斯克利夫这一形象展现在人们面前，让人看后震惊、震撼。

在美国文学中也存在这样非常具备代表性的哥特式人物，其中威廉·福克纳的《献给艾米丽的玫瑰》中的艾米莉就是哥特式人物的典型代表。艾米莉与工头霍默·巴伦相爱，但不知为何情人霍默·巴伦突然无故消失，失去恋人的艾米莉伤心欲绝，生活在与外界脱离的世界里，直至其死后，人们发现她装饰得非常干净漂亮犹如新房的房间内，却存放着一具骨骸，躬着身躯，龇牙咧嘴地躺着，而艾米莉则一直安静睡在尸骨旁边，而这尸骨就是她的情人霍默·巴伦。艾米莉性格极端，以这种恐怖的方式生活着，试图以这种奇特的方式留住曾经的爱人。干净的房间与情人的尸骨形成鲜明的对比，这些淋漓尽致地表现出艾米莉的性格。这当中所蕴含的哥特式风格展露无遗。同样是美国文学的小说《红字》，其主人公罗杰·奇林沃思，个性无情无义，浑身充斥着怨恨愤怒的复仇情绪，对待自己的妻子白兰犹如陌生人一般，不带一丝感情，从而导致白兰与他人偷情。当他知晓妻子的背叛后，就开始了步步惊心的报复，并通过伪装成一名私人医生去接近梅斯代尔，并以制造良药为借口，窥探他人隐私，并在梅斯代尔胸口上撒盐，以此来获取变态的快感。作者以哥特因子注入这样一个无耻无情的主人公形象的塑造中，使其个性突出，充满神秘。这样一个矛盾的人物角色，极大地吸引着读者的眼球。

（三）哥特式故事情节及主题：凸显暴力美学

哥特式小说的特点就是充满恐怖、悬疑的因素，并且以恐怖、阴暗贯穿全文，构成了文学作品的基调。早在1765年，恐怖与惊悚就被界定为另一种美学，因此，哥特式作品在整体上都是充满艺术美学的，从而能得到人们的热情推崇。

在故事情节上，《献给艾米丽的玫瑰》的情节曲折多变、出人意料，写法上更是把时间错乱，作为没落贵族的艾米莉与工匠霍默·巴伦的突破禁忌的爱恋，以及离世的艾米莉，都给人一种神秘的感觉。同时古屋中腐烂的尸体味道，整洁的房间……这一系列的描写都让整个故事充斥着恐怖及神秘的色彩，在故事情节上可以算得上是典型的哥特式风格。《红字》从一开始就给读者展现出监狱的特殊环境，让人难免去猜测其中的故事。整部小说情节的展开都是在肮脏、破旧不堪的环境中进行的，而且通过各种隐晦的线索推动故事情节的发展。

在故事主题上，英国戏剧大师莎士比亚的多部作品都充斥着这种哥特式艺术，如《罗密欧与朱丽叶》中，罗密欧与朱丽叶之间的真挚爱情，却被两个家族之间不可调解的仇恨割裂着，致使最后不得不以悲剧收场；《李尔王》中主人公在荒野中的歇斯底里的嘶吼；《哈姆雷特》中的主题则充斥着暴力、欲望、杀戮等一系列负面元素，哥特式风格得以淋漓尽致地展现。尤其是其中的一些细节描写，给读者无与伦比的震撼，莎士比亚充分地运用哥特因子展现其生存的时代现象，使得作品影响深远。

对于英美文学中存在的哥特因子，各国学者都进行了深入的研究探讨。这些哥特式风格的作品，充分地利用了哥特因子，表现各种复杂的情绪和心理，展现人性上的扭曲，人们对于未知世界的恐惧与向往，直抵人的灵魂。这种充满矛盾色彩的作品，虽然在其面世后一度受到部分人的质疑，但这恰恰也是其流传至今并影响深远的最主要的因素。哥特式文学之所以被推崇，在很大程度上是由于其艺术上的表现，以恐怖、惊悚的场景和仇恨杀戮为主题，表现哥特式的痛苦与现实的巨大反差，凸显暴力美学，通过另类的美感方式带给人们不一样的阅读快感，对于现实中的读者起到一种无形的安慰作用，甚至引导读者走出现实中的痛苦。

从哥特式文学出现到如今，已有几百年的历史。在经历了初期的唾弃排斥后，一直被人们追捧、推崇，现在的英美文学中，不少作品无论是在小说的背景、人物形象的塑造以及情节结构中，都融入了哥特因子，从而展现着独有的魅力。哥特式写作手法为西方文学作品蒙上了一层神秘的面纱，使得作品更具欣赏性，更能激发读者的探求欲。总体来看，哥特因子在英美文学作品中起着非常重要的作用，扮演着推动西方文学发展的角色。

第四节　交际翻译理论在英美通俗文学作品翻译中的应用

本节以英美通俗文学作品中的一些文段作为研究对象，采用彼得·纽马克提出的交际翻译理论，对文本具体翻译过程进行分析，从而对这种理论在英美通俗文学作品翻译中使用的必要性和重要性进行研究，并对其在此类文学作品翻译中的具体应用策略进行探讨。

彼得·纽马克是英国杰出的理论语言学派的代表人物之一，著名的语言学家、实践型翻译理论家。他在多年翻译实践的基础上，提出了许多有影响力的翻译理论，形成了纽马克翻译理论体系，交际翻译理论就是其中具有代表性的一种理论。

交际翻译（communicative translation）是"为译文读者制造近似于对原文读者所产生的效果"。交际翻译理论是与语义翻译理论相对应的，它侧重以翻译作品的读者为中心，注重读者对文本的理解与感受，所以相对来说是一种比较主观的翻译原则。因此，在翻译的过程中它会更多地运用意译的手段，致力于用目的语的语言和表达方式去传递文学作品中的意义和情感。

在纽马克看来，不同的文本类型要采用不同的翻译方式。根据捷克语言学家布勒对语言功能的划分，文本类型有表达型（expressive）、信息型（informative）

和呼唤型（vocative）三类。本节研究的英美通俗文学文本就属于呼唤型文本，它以读者群为中心，注重可读性，要求做到通俗易懂。所以在翻译过程中要采用交际翻译策略，不仅仅是对原文进行一字一句的直译，而要选用恰当合适的词语、适当调整语序，重现作品内容与作者所要表达的意思和情感，以引发读者的共鸣，达到较好的翻译效果。只有这样，才算是比较成功的翻译。

一、交际翻译理论在翻译中词汇层面的应用

词是最小的能够独立运用的语言单位，是组成句子的基础。词虽小，但是在翻译中的地位和难度却毋庸置疑。这不仅是因为一个词往往具有多个对应的指称意义，同时还因为在不同的社会文化历史环境中，词语具有不同的文化含义。例如，英语中的 cowboy 在汉语中通常被翻译为"牛仔"或"牧童"，实际上前者指的是"传奇式的浪漫型的美国西部骑士，他们常常穿着牛仔裤"，后者是指"放牛娃"，二者之间有一定的差异。

从上面可以看出，词语虽然很小，但是只有下功夫才能翻译好。因此，我们要从多方面入手，采用多种手段处理好词语的翻译，使其能够传神达意。

（一）转换词性

翻译的最终目的是实现译文和原文在内容和信息上的功能一致，并不是表面上的结构完全对等。所以在翻译的过程中常采用词性转换的方式，如将英语中的名词、介词、形容词、副词等转换为汉语中的动词，或者将英语中的动词、形容词、副词、代词转换为汉语中的名词等，从而用表达形式上的偏离换取内容或信息上的一致。所以在英美通俗文学作品的翻译过程中也要借用这一策略，在忠实于原文的基础上注意对词性的转换，使翻译出来的语句通顺自然。

例 1：I say to my friend, because I'm afraid if the sniper knows I've been hit, he'll want to finish me off.

译文：我对我朋友说，因为我害怕如果那个狙击手知道我被射中，会想要杀死我。

分析：上例中的"afraid"原本是形容词，意思是"恐怕；害怕的；担心的"，常在句子中作表语，比如"She did not seem at all afraid."。但是在上例中如果直接将其翻译为形容词，译为"我是害怕的"，读起来就会怪怪的。"害怕"在汉语中是动词，后面可以直接带宾语。所以在翻译的时候，将其转换为动词，译为"我害怕"就比较符合汉语的表达习惯，读起来就会顺畅得多。

例 2：So you'll hop on a train and come down, and when you get to Baltimore it will be this peaceful summer afternoon and these dusty rays of sunshine will be slanting through the skylight in Penn Station.

译文：你跳上火车，然后下了火车，到达巴尔的摩时，那将是夏日一个宁静的午后，尘埃下的阳光透过宾州车站的天窗斜射下来。

分析：上例中"through"原本是介词，意思是"透过；经由；通过，穿过；凭借"，如果直接将其翻译为"从"，便不能体现出其动作意味。如果将其转换为动词，译为"透过"，就突出了其动作性，非常形象地表达了阳光穿过窗户照进车厢的情况，一幅优美的画面就出来了。

因此，在实际英美通俗文学作品的翻译过程中，不能仅看单词的字面含义，还需学会变通，尤其是对其词性进行转译，使译文更加通畅、易懂。

（二）联系文段

词语的含义都是在句子中固定下来的，同一个词语，在不同的语境中具有不同的含义，所以在翻译的过程中，一定要注意联系上下文。

例 3："All right，" Abby said，turning practical. "Where was he calling from?"

译文："好吧，"艾比冷静了下来说，"他从哪儿打的电话？"

分析：在这句话中，"turning practical"的翻译相对比较困难。我们知道，"practical"是形容词，意思是"实践的；实际的；可实现的；实用的；注重实际的；可用的"，而"turn"作动词时既可以是及物动词，"使转动；旋转；使改变方向；使不适"，也可以是不及物动词，"使变酸；使变换；使变为"，另外其后面加形容词的时候是系动词。但是尽管如此，还是很难确定"turning practical"的意思。通过联系上下文可以发现，这实际上是艾比对这件突发事件的一个表现，所以用"变得冷静"这个意思，能够看出她心态的变化过程，更符合文章的总体叙事逻辑。

因此，在实际英美通俗文学作品的翻译过程中，针对一词多义的情况，一定不能脱离上下文，要将其放到文章的整个大背景中考虑，选择合适的对应词语，只有这样才能顺理成章。

（三）考虑母语

前面已经论述，交际翻译理论是以读者为中心的，英美通俗文学翻译作品的读者为中国人，所以在翻译过程中，要考虑汉语的表达习惯。比如汉语作品较注重成语的运用和句式的对仗工整，强调句子的整齐对称美。尤其是在文学作品中，更是强调词语和句式的整齐。下例就是一个关于成语使用的翻译。

例 4：I sat down quite disembarrassed. A reception of finished politeness would probably have confused me：I could not have returned or repaid it by answering grace and elegance on my part.

译文：我坐了下来，一点也不窘迫。礼仪十足地接待我，反倒会使我手足无措，因为对我来说，无法报之以温良恭谦。

分析：上例中"confused"是动词，是"confuse"的过去式，本来意思是"使困窘；使混乱；使困惑；使更难于理解"。如果直接译为"使我困窘"就不能突出简·爱这样一个平民出身的人在所谓的礼节面前的窘迫现状，而且也失去了文学韵味。相反，将其译为成语"手足无措"就能非常形象地突出简·爱的窘迫状况。同样，将"grace and elegance"译为"温良恭谦"便与中国传统文化接轨，不仅增强了作品浓浓的文学性，而且很容易引起中国读者的心理共鸣。

综上所述，在英美通俗文学作品的翻译中，如果照顾阅读者母语的表达习惯，就会让读者读起来没有隔阂，顺畅自然。

二、交际翻译理论在翻译中句子层面的应用

由于英语和汉语分属于不同的语系，所以二者在句子的组成和表达上有很大的不同。比如英语有多样的人称和时态的变化，但是汉语中的人称没有格的变化，时态的变化也大多依靠一些助词来体现。比如英语中"I eat"（我吃）和"He eats"（他吃）中的"吃"不一样，但是在汉语中却没有任何区别。英语中"I eat"（今天我吃），"I ate"（昨天我吃）的"吃"也不一样，但是汉语中却是一样的，有时也会加个"了"来区别。另外，对于句子之间的逻辑关系，英语中通常使用连接词来显示，汉语中通常通过句子的排列来体现。如"我吃过早饭，背上书包，出了门。"这个句子的逻辑关系是通过三个短句的先后排列顺序体现出来的，但在英语中却表述为："I finished my breakfast and went out with my schoolbag."。

这些表达方式上的差异，就决定了在翻译的时候要采用诸如增减词语、重组句法等翻译技巧，让文段更加流畅，也让逻辑关系和意思表达得更加清晰。

（一）增译法

英美文学作品在表达的过程中因为一些原因会省略某些成分，所以在翻译的时候，为了能够更加清楚明白地表达原文的意思和情感，就要适当地增加某些必要的成分，使翻译出来的句子语义明确。

例 1：But when he phoned again — which he did a month or so later，when

Abby was there to answer — it was to talk about his plane reservations for Christmas vacation.

译文：但是，当他再次打电话过来时已经是一个月以后了，当时艾比接的电话，而谈论的是圣诞假期机票的预订而不是同性恋的事情。

分析：在这句话中，"而不是同性恋的事情"是这句话的增补成分，因为从原文句子表面并不能看到这些，只有联系上下文才能明白。如果在翻译的时候不进行增补，就会让这一部分显得比较突兀，读者很难找到和前文的关系，也很难理解父母的担心和焦急。

从上面可以看出，增译法的使用要遵循两个前提：一个是不改变原文的意思，另一个是能达到让译文意思更加明确的目的。

（二）拆分法

在英美文学作品中，有许多长句，其句子结构特别复杂。如果严格按照原文的句子结构进行翻译，不仅生涩难懂，而且读起来还会非常别扭。所以就要根据汉语的句法结构特点，在不损伤句子原意的前提下，对英语原文中的单词、短语或者句子进行适当切分，让译文的表达符合汉语的表达习惯，让译文更顺畅。

例 2：It rained in the morning, but the afternoon was clear and glorious and shining.

译文：前晌有雨，但午后天气放晴，空气新鲜，艳阳高照，视觉绝佳。

分析：上例是对雨后景色的描写，英文原文的描写非常优美，具有极强的画面感，尤其是"clear and glorious and shining"这三个并列形容词的使用，更是传神。但是如果直接进行翻译，势必会减少这种美感。译者对其进行深入分析发现，这三个词语实际上是对三个不同层面的描述，"clear"描写的是"天气"，"glorious"描写的是"空气"，"shining"描写的是"阳光"，然后将这三个词语进行切分，按照汉语的表达习惯，翻译成三个并列的短语，即"天气放晴，空气新鲜，艳阳高照"，这样就再现了一幅绝美的、令人陶醉的自然画面。

除了对并列的词语进行拆分，在翻译的过程中，对于一些较长的结构复杂的句子，也需要结合实际情况进行拆分，以求最好的表达效果和阅读体验。

（三）调序法

语序是指句子成分的排列次序。汉英语序有很大的差异，例如，状语在汉语中的位置相对比较固定，一般在主语和谓语之间，但是在英语中状语不仅可以出现在句子的开头，也可以出现在句子的中间或结尾。如果有多个状语，汉语中通常是以时间状语、地点状语再加方式状语的顺序进行排列，但是英语中却是按照方式状语、地点状语、时间状语的顺序进行排列。除了状语，其他成分的排序也有很大的差别。为了照顾读者的阅读习惯，在翻译的过程中通常要对语序进行适当的调整。

例 3：She sat down next to him. The mattress slanted in her direction；she was a wide，solid woman.

译文：她身材丰满健硕，在他的旁边坐下来，然后床垫就朝她那边翘了过去。

分析：英文的表达习惯通常是先叙述结果，然后再用补语或者补充成分对结果进行补充说明。而汉语通常是先解释原因，然后再顺势引出结果。比如"今天堵车，我迟到了。"用英语表达就是"I was late for the traffic jam today."。

上例也是这样，先说结果"The mattress slanted in her direction"，然后再说原因"she was a wide，solid woman"。如果直接翻译会让汉语阅读者很不习惯，甚至会一头雾水，觉得逻辑有问题，严重影响阅读的效果和体验。所以译者对语序进行了调整，先说"she was a wide，solid woman"（她身材丰满健硕）这个原因，然后再说造成的结果"The mattress slanted in her direction"（床垫就朝她那边翘了过去）。

所以，在英美通俗文学作品的翻译过程中，一定要照顾汉语的表达习惯，对句子的顺序进行相应的调整，尤其是包含从句的复杂句子，更是要注意。翻译结束后，要按照汉语的思维和表达习惯进行反复阅读，找到不符合汉语表达习惯的地方进行有针对性的修改。

由于英汉两种语言的差异，在翻译英美通俗文学作品时，如果仅仅是忠实于原文的意思，那么很容易造成译文的生涩难懂，甚至给读者造成一定的阅读困难。所以在对英美通俗文学作品进行翻译的过程中，译者可以采用纽马克的交际翻译理论作为指导，考虑汉语阅读者的表达习惯和阅读习惯，采用一定的翻译策略和技巧对一些翻译难点进行灵活处理。

在词汇翻译层面上，译者应注意时态、语态以及不同词性的转换，注意联系上下文，同时注意阅读者的母语表达习惯，选择合适的词语进行翻译，这样不仅能破解一词多义的困扰，同时还能因为选用了针对性较强的词语从而提升读者的阅读体验。在句子层面上，译者应根据英语与汉语表达习惯的不同，采用增减翻译以及调换语序等策略，对句子结构进行重组，使译文逻辑和意思更加明确，也更加符合汉语的表达习惯，从而增强作品的可读性，力争使译文读者获得与原文读者相似的阅读感受。

第五节 英美文学作品在提高英语阅读能力中的应用

英语阅读课程对学生阅读能力、阅读技巧的培养起着至关重要的作用。但在传统的英语阅读课教学中，教师主要采用语法式教学，对文章的主题、结构、单词、段落、语法逐一进行讲解。这种教学方法偏离了阅读课程的性质，大大降低了学生的阅读"量"，无法达到培养学生的阅读能力的目的。引入英美文学作品阅读后，能激发学生的阅读兴趣，作品展示和作品测验能让学生有更多英语输出的机会。教师转变为学习过程中的指导者和促进者，教学组织形式转变为"课上自主学习＋课堂协作研究"，课堂内容体现为作业完成、辅导答疑和讨论交流，从根本上提高阅读理解能力和阅读速度。

一、英语阅读教学现状分析

英语阅读课程的目的是使学生通过大量阅读英文材料，通过阅读"量"的不断积累，逐步提升学生的读写译能力，最终提高学生的英语水平。但在大学传统的英语阅读课教学中，教学环节的重点仍然围绕教材文章，教师主要采用语法教学法，对文章的主题、结构、单词、段落、语法逐一进行讲解。这种教学方法固然使学生对整篇文章有细致全面的理解，但弊端也很明显，所以必须要对传统的课堂教学模式进行改革创新。

根据克拉申的输入假说和斯温的输出假说理论，成功的二语习得者必须要接触足够大量的可理解输入（略高于学习者现有水平的输入，即 i+1），才能产生可理解输出。所以，在新的英语阅读教学模式下，首先要给学生提供可理解且优质的学习资源，即学生必须要阅读一定量的英文经典名著；其次，课堂教学活动应具有多样性，能够激发学生的学习主动性，给学生提供语言输出的机会。新的教学模式使教师转变为学习过程中的指导者和促进者，教学组织形式转变为"课上自主学习＋课堂协作研究"，从根本上提高学生的阅读理解能力和阅读速度。

二、英语阅读教学中融入英美文学作品的必要性

英美文学作品具有悠久的历史，而经典的英美文学作品是世界文学作品中的宝贵资源之一，是英语语言的精华之所在。通过让学生阅读并欣赏经典英美文学作品，能有效提高学生运用英语的综合能力，特别是英语阅读和写作能力，这样才能实现英语阅读教学的最终目标。陈光乐在其《英美文学教学与大学英

语》中探讨了英美文学教学在大学英语教学中的重要性及可能性。他认为在英语教学中"应加强英美文学教学，以适应我国英语教育改革发展的需求，培养出高素质的国际化人才"。而且，在英语阅读教学中融入经典英美文学作品阅读，不但增强对英美国家文化的认知，还可以进一步提高学生的审美能力和人文素质。

目前，以教师为中心的教学方法仍然占据着国内高校英语阅读课堂。这种教学方法忽视了英语语言运用能力在语言学习中的应用，学出来的都是所谓的"哑巴英语""中式英语"，学生在课堂上缺乏学习主动性、积极性和创造性。而融入英美文学作品阅读后，在教师的指导下，学生在课堂内外都能主动参与英语学习，它确立了学生在教学过程中的主体地位，让学生主动地参与到英语学习中，有利于学生英语阅读能力和英语运用能力的综合提升。

三、融入文学作品的新型英语阅读教学模式

针对传统阅读课教学模式中的弊端，英语教学体系下新的课堂教学模式以期能更加有效地培养学生的英语阅读能力。首先根据学生的阅读水平及阅读兴趣，学生和教师按照由易到难的程度共同选取经典英美文学作品。比如初期可阅读相对简单的《老人与海》《麦田里的守望者》等文学作品；随着阅读能力的提升，可适当增加作品的难度，阅读诸如《简·爱》《傲慢与偏见》等作品。

在新的教学模式下，教师在课堂上会将学生分成不同的小组，以小组形式去阅读指定的作品。这样可有效提高学生的阅读兴趣，他们可以在阅读过程中相互探讨、交流读书心得。

在以往的教学课堂中，教师一般会围绕教材中的某篇阅读文章，从词汇、句法、主题思想等方面进行详细讲解。融入英美文学作品的阅读后，教材中的文章由学生进行讲解，教师只是稍做补充。课堂上教师更多的任务是与学生一起就课下阅读作品时遇到的困难和疑惑进行探讨解决。最后每个小组会对选定的作品进行 PPT 展示，展示的内容包括作者简介、作品中的人物角色介绍、主题和写作风格分析、经典句子赏析。另外，课堂上会以作品测验的形式考查学生对作品的掌握情况，并计入平时成绩。这些会促使其他小组的学生在课下同样认真阅读作品。通过这些措施，可以有效地提高学生的英语输出能力。

伍铁平教授在《普通语言学概要》中说过："和语言最密切的是文学，文学是语言的艺术，文学作品要用语言创作，通过语言鉴定、评论文学作品也必然涉及它的语言。文学是使用语言的典范，为学习语言提供最好的榜样，为研

究语言提供最好的材料。"我们应结合阅读教材和学生的阅读能力在英语阅读课程中融入相应的文学作品阅读，因为文学作品阅读可有效提高学生的英语运用能力，显著激发学生的阅读兴趣以及提高学生的语言运用能力，加深学生对西方文化的了解，培养学生的文学鉴赏力，提升学生的人文素质，为我国培养真正国际化的英语人才。

第六节　语境在英美文学翻译中的功能及运用

在英美文学翻译过程当中，语境的作用不可忽视。这些年来，随着人们对于翻译工作的重视，语境的功能及运用，已经得到了深入的探索，而关于文学作品的翻译研究，尚需要持续深入钻研下去，这就要求翻译者逐步深化对于源语言和目标语言的理解，特别是明确语境的内涵、功能，并以功能为出发点做出运用的综合探索，这些也是文章所要研究的重点内容。

在世界经济与文化一体化进程中，我们国家的许多种文献被翻译介绍到国外，与此同时外国的文学作品也通过翻译的途径为我国读者所熟知。在这种时代环境大背景之下，文学翻译的作用正日益凸显，而翻译者自身也越来越注意到语境对于翻译过程的巨大促进作用，正如英国学者彼得·纽马克所讲的"语境是全部翻译活动的第一法规"，随着英美文学翻译工作的完善，对于语境功能及运用的探索也将日益科学。

一、对语境的基本认知

随着外国文学理论的持续向前发展，人们能够逐步意识到语境的内涵，通常情况下可以通过下述两种形式表现出来，其一是对于语言理解产生关键作用的环境，亦即与作品有关的背景知识，按照内容还可以再划分为微观的和宏观的两类。微观的指作品里面人物在进行语言交流等活动时所处的语言环境，它和人物的形象、性格等有比较密切的关联，而宏观的则是强调全部文学作品及其时代环境等。其二，笔者认为语境还包括一种认知环境，也就是在此认知环境之下，语言交流各方均可以充分理解场景下的内容，它是基于交流主体视角对客观世界的感受。

二、英美文学翻译中语境的功能

只有对英语文学翻译中语境的功能有充分的了解，才能更好地发挥出它的作用，促进文学翻译质量的提升。在文学翻译过程中，语境的功能往往体现于下述几个方面。

（一）限制作用

各交流主体在进行信息传递与信息交流时，都需要用相关语境作为参照，并基于特定语境完成交流任务。也就是说，从某种程度上讲，语境对于语言会起到一定的限制作用，不管在语言方式选择方面，或者在语言词汇应用方面，都无法避开语境的限制及影响。据此可以认为，只有把语境所具有的限制作用合理应用起来，才能避免文学翻译中存在的歧义问题，防止语法歧义与词汇歧义对翻译效果造成的影响。举例来说，曾经获得诺贝尔文学奖的英国首相丘吉尔说过 "Some chicken, some neck." 的句子，如果不考虑语境的限制作用，只依字面进行理解，则此句为 "一些小鸡，一些脖子"，目标语言使用者是无法理解其准确含义的。所以如果想要弄清本句的意思，应当充分结合当时语境的限制作用：在第二次世界大战时，希特勒曾表示，要使英国在三个星期的时间里，如同小鸡被扭断脖子一样毁灭掉。丘吉尔所说的 "Some chicken, some neck." 这句话，是以模仿的语气回击希特勒，表示英国是难以战胜的小鸡，不能被毁灭的脖子！

（二）解释作用

在英美文学翻译过程中，语境不但拥有限制作用，同时还具有解释作用，也就是说在特殊的语言环境之下，能够让语句形式同某种意义产生相互关联，即使在只说出一部分的情况下，另一部分的弦外之音也可以通过语境被感知到，这是符合文学作品的言近旨远规律的。我国很多文学作品都具有这一特点，而英美优秀文学作品在这方面也不遑多让，虽然都避免了语言直白浅露的问题，但无形之中也给翻译工作增加了难度。比如，"He is hardworking. He was not always so."，在本句之中，未曾明确提供表示时间的过去、现在和未来等词汇，然而 "was" 及 "is" 一类词却用语法展现出时间效果，充分说明了语境在解释方面的极强能量。

（三）补充作用

在文学翻译过程中，语境还可以起到补充作用，也就是将语句里面的省略或者空白之处填补清楚。无论是作品之中的口语还是书面语，都会出现一些或有意或无意的省略形式，这些省略形式，如果不脱离原来的语言环境，不会对沟通和交流产生影响，但是如果翻译不当，则会造成读者理解上的障碍，因此需要特别强调语境所起到的补充作用。比如下面的句子："It was Friday and soon they would go shopping."，如将其译为"今天是星期五，她们要去买东西了"，因为缺少了语境解释功能，容易使人产生疑问"星期五和买东西之间有什么联系"。若是在翻译时说明在星期五发工资之后，她们要去买东西了，便不再令人难以理解。这种联系上下文的翻译，让语境的补充功能得到呈现，保证了信息的合理性，让中文读者明白英国发工资的时间一般在星期五。

三、语境在英美文学翻译中的运用策略

语言和文化是密不可分、相互依存的，它受到文化元素的制约与影响，同时也表达着文化元素的内容，特别是在文学作品之中，语言更是深入到文化之中，深层次表达出了语言的历史与社会特色，让语言环境下的价值取向及思维方式等得到具体展现。从这个意义上说，在面向英美文学作品翻译时，译者既需要忠实于原文，亦应多考虑文化语境的内涵，从而使翻译更加准确。

（一）习语视域下的语境运用

习语属于语言文化的重要构建部分，它通常被应用到文学作品的范畴以内，译者如果利用直译的办法让作品里面的习语被翻译出来，极容易让读者产生无从理解之感。因此，在做文学翻译工作时，应当确保习语中展现出了相关语境，可以对习语的本质意义起到提示作用，以免造成不解、曲解与误解。比如在译著《傲慢与偏见》一书时，里面涉及如下句子："'You are dancing the girl who is handsome'，and looking at the other. 'Excellent! She is the most beautiful creature，she is the most charmful girl I have never seen...'"这段文字来源于在威廉爵士所举办的舞会上达西与彬格莱之间的对话，这段对话里有一些习用的限定词，如"the most beautiful creature"便是一个显著的例子，里面的"creature"一词，熟悉英语者可以明确其为"生物"或"动物"的意思，可若是直接将其译为"最美丽的生物"，又似乎过于生硬了，所以在翻译时需要谋求习语视域下的语境运用，在汉语文化里面找到和表达女性美丽相对应的名词，将其译为"尤物"比较恰当。此外，像对话后面又提到了"the only handsome girl/one of her sisters"一类的限定词相沿成习的应用，它们对于弄清人物关系有很大的帮助，同时读者可以从中了解到彬格莱先生随和的个性和达西先生的傲慢性情等。

（二）历史视域下的语境运用

在进行英美文学作品翻译时，还经常会遇到和历史知识以及历史人物有关的内容，如果译者想要忠实还原这些内容，便一定要充分考虑到历史语境的特殊性。

（三）宗教视域下的语境运用

在世界文化范围内，宗教是其中一项非常重要的元素，在进行文学翻译工作时，也时常会遇到宗教翻译的问题。东西方主流宗教信仰不同，西方通常信奉基督教和天主教，而中国以儒教、佛教居多，二者在宗教信仰方面的不同，使得文学翻译难度增加，因此语境是翻译时必然要考虑的因素。比如下面的句子："I shall 'return to Father' in an afterlife that is beyond description."。在这句话里面，"an afterlife"是很值得翻译者斟酌的，有译者将这句话译为"我相信我将于来世回归圣父"。这样的译法便没有考虑到东西文化对于"an afterlife"一词理解的差异：基督教是不信来世的，它认为人去世后，灵魂或者上天堂，或者下地狱，所以该词强调的是人死后的时间，而不是中国佛教所认为的来世，所以需要把"来世"改成"我去世后的那段时间"为妥。

（四）文学视域下的语境运用

在进行英美文学翻译时，毫无疑问，正确的逻辑思维是基础，可是因为东西方逻辑思维存在较大差别，所以翻译者在进行英美文学翻译工作时，需要进行文学思维上的适当调整。比如华兹华斯的诗作中有"that night when we meet"的意象，很显然这和中国人含蓄的思维方式并不相同。如果译者能够将其直接对照于中国唐代诗人李商隐的名句："君问归期未有期，巴山夜雨涨秋池"，就去掉了直白的意象，而增添了"巴山夜雨"的意境。虽然是对原诗的改动，但改动得比较合理，比较符合汉语使用者的思维方式，便是一种值得肯定的做法，它充分表现了原作者离乡在外时对妻子的思念之情。原诗与译文看似疏离，实际上却在情感上有更加紧密的对应关系，可以说是译者充分考虑到了文学语境之后的理想做法。

语境的各项功能存在相互联系的可能性，在英美文学翻译过程中，有些时候需要将单独一种功能的作用发挥出来，而有些时候则应当将几种功能合并使用，若是想达到翻译既忠实又完整的目标，译者便不能孤立地对原文信息给予处理，而应将目光着眼点放在对语境作用的充分认知上，使语境各项功能帮助译者全面、真实地还原作品的文化意蕴，产生更趋于完美的译作。

第五章　英美文学作品语言赏析

第一节　从《傲慢与偏见》看英美文学的语言创作风格特点

　　《傲慢与偏见》作为英美小说作品中的代表作，其中相关文学内容展现的具体特点以及语言风格等方面都具有较强的学习借鉴意义，文学界也给予该部文学作品极高的评价。《傲慢与偏见》在语言表现风格方面开创了全新的时代先例，为更加卓越地推进英美文学作品创作等方面提供了重要的依据支持。具体而言，该文学著作的语言蕴含较强的民族特征，是英美文学作品中语言用法的主要核心代表。本节以《傲慢与偏见》为主要的研究对象，深入探究其所展现的文学作品的语言表达形式，分析相关的具体用法，从而更好地展现英美文学的语言特点，推进了解英美文学语言创作风格的进程。

一、研究语言风格的意义

　　对于文学作品展开相关文学价值的研究活动必须注重实际探究角度的选择，遵循多样化的全方位立体的方式进行文学作品的赏析探究。注重优秀文学作品语言领域的相关价值特征的应用，对于文学作品来说，需要增强本身故事内容和相关情节安排设置的关联性和真实性，从而进一步探究文学作品所展现的具体文学价值和相应社会范围的现实影响因素。除此之外，还需要通过小说作品的语言表达，从生硬的文字段落篇幅中获取相应的主题表达内容，借助事件的相关描述体现人物具体的性格特点，在很大程度上推进作者对小说结构布局的掌握程度，完成措辞造句之间的技巧应用。作者不能仅仅关注作品本身的故事情节和文学价值以及社会影响，需要在语言以及语言所起的作用上进行主题和人物的揭示，更好地掌握在小说布局及遣词造句方面的技巧。《傲慢与偏见》中对于语言风格的研究以及文学价值都展现出了卓越的成果。因此，对《傲慢与偏见》的核心语言风格内容展开相应的研究，判断其所独有显著的赏析价值都对于今后赏析研究英美文学作品具有重要的建设性指导意义。

二、《傲慢与偏见》语言创作风格研究

英美文学作品中常用的语言风格的具体表现形式就是采用幽默化的词汇，表达其带有讽刺意味的思想情感，成为英美文学作品中语言表现手法的重要组成部分，从而更好地完成英美文学作品中对于社会现象的反映。讽刺性的语言表达主要是为了展现与当前实际现实生活不一致的思想情感内容，借此反向地抨击当前的现实状况，对社会的丑恶现象进行深层次的揭露。通过讽刺意味的语言表达进一步投射出相应的幽默感，特别是对于相关语言句意表达的使用，借助其核心的内在含义以及相关词汇使用完成整体文学作品语言表达风格的幽默效果展现。对于本节研究对象《傲慢与偏见》来说，讽刺和幽默是该作品语言表达风格的核心基调。也正因《傲慢与偏见》在当时社会现象中所展现的高水平寓意引导以及对当时社会现象的反讽抨击，使其不仅在文学作品内容上确立了价值地位，也在语言表达形式的写作手法方面展现了卓越的研究效用。

在小说内容的最开始，作者就通过一句蕴含反讽意味的话语奠定了整体文章语言风格的基调，展现了以幽默为特点的语言表达形式，从而也从另一个侧面展现出作者对于语言创作富有专业性，可以在借助简洁的语句表达情节、设定情节内容的同时，展现作者的中心思想感情，从而再通过含蓄的语言表达形式，达到讽刺社会现象的目的。《傲慢与偏见》在简洁荒诞的语言表达形式与庄重肃穆的对话之间，形成鲜明的对比，有效展现小说作品中的情景环境塑造与真实环境之间的矛盾特点，从而获取强烈的思想冲突，在很大程度上推进了长篇小说作品本身的戏剧性特质发展。

《傲慢与偏见》的核心语言表达风格基调是带有讽刺性意味的，幽默与讽刺为主要的语言创作形式。文中的男女主人公初见时，由于男主人公傲慢的态度，由此产生了偏见，两人之间的对话讽刺性意味尤为突出。例如，女主人公在对男主人公进行评价时，从表面的措辞来看是赞扬男主人公，但事实上是对于男主人公傲慢性格的讽刺。也正是因男女主人公之间你来我往的相互对话，将作者真实的情感和语言表达技巧通过文学作品中小说人物的形象塑造得以展现。

第二节　从乔伊斯《尤利西斯》看英美文学的陌生化语言特点

　　语言特点是文学作品研究的关键，英美文学作为世界文学的组成部分，其语言特点也被广泛研究。基于此，本节以陌生化语言为核心，以乔伊斯的《尤利西斯》为例，对英美文学的陌生化语言的基本作用、感情特点以及使用特点分别展开分析，抓住提升可读性、加强引导性、感情隐藏、感情的内在关联性、使用贯穿化、使用集中化等内容，为后续英美文学的进一步研究提供少许参考。

　　《尤利西斯》是爱尔兰意识流作家詹姆斯·乔伊斯的代表作品，被认为是意识流作品的巅峰之一。该书的问世、发表几经波折，其语言特点、中心思想也一直被文学评论界和读者津津乐道。从陌生化语言的角度来看，《尤利西斯》的价值是非常突出的，书中大量运用了陌生化语言，这曾使该小说饱受非议。就《尤利西斯》中的陌生化语言进行分析，也显得意义突出。

一、英美文学的陌生化语言的基本作用

（一）提升可读性

　　英美文学流派众多，很多流派都会在作品中使用陌生化语言，但就使用的效果来看，意识流作品往往更胜一筹。意识流小说强调以思想、"意识"作为主线进行描述，通过叙述意识流动过程来结构篇章和塑造人物形象，强调"反理性、唯主观"，这也使陌生化语言在意识流小说中变得平常。如果读者对意识流小说存在抵触情绪，那么阅读甚至无法进行；而如果读者能够跟随作品中的"意识"线索进行阅读，那么陌生化语言能够更加立体地进行人物、情节的勾画，使文章的可读性增加。如"布卢姆如厕"相关内容，乔伊斯进行了浓墨重彩的描述，与传统文学差异甚大，但在乔伊斯以及读者看来，这些陌生化语言有利于刻画人物形象，读者可以借此更好地理解人物，进入小说的"意识"线索中，作品的可读性和引导性也因此大大加强。在伍尔夫、普鲁斯特等人的作品中，陌生化语言也发挥了类似作用。

（二）提升语言表现力

　　语言表现力难以进行定量分析，但又切实存在于文学作品中。以陌生化语言作为分析要点，语言表现力的提升，事实上依然以作品的受众作为基础，如果受众愿意接受意识流作品，陌生化语言就具有提升语言表现力的价值。如《尤

利西斯》中的经典名句："历史是一个我正试图从中醒来的噩梦。"该句符合意识流小说最基本的"反理性、唯主观"的特点，当读者能够跟随小说的"意识"线索持续进行阅读时，就可通过自身对作品的理解，形成与陌生语言的共鸣，发现并认同"历史是一个噩梦"，这种认同可能仅仅出于对作品、对小说人物的肯定和理解，也可能与读者自身经历密切相关，甚至引发读者本人更深层次的思索。然而无论这种共鸣产生的形式和原因存在何种差异，借助陌生化语言，小说语言的表现力实际上都大大提升了。

二、英美文学陌生化语言的感情特点

（一）以侧面描写进行感情隐藏

陌生化语言由俄国形式主义评论家什克洛夫斯基提出，强调的是在内容与形式上违反人们习见的常情、常理、常事，同时在艺术上超越常境。在《尤利西斯》中，陌生化语言的运用方式多样，为加强作品的表现力，乔伊斯尝试了以侧面描写进行感情隐藏的方法。如书中对布卢姆的妻子玛莉恩的描述，带有荷马史诗《奥德赛》的痕迹，通过大量的陌生化语言进行侧面描写，使读者能够感受到玛莉恩的内心世界，这种感情变化又借助小说基本情节实现加强，布卢姆内心的感情挣扎随着玛莉恩的不忠和肉欲主义行为越发强烈，始终引导着读者的思路，感情表达的效果也借此得到加强。事实上，在整部小说中，陌生化语言的运用以直叙为主，侧面描写更多体现在布卢姆生活轨迹之外，作为"意识"线索的一条辅助，其感情特点也因此更加耐人寻味。

（二）以直叙进行感情表达

作为经典意识流小说，《尤利西斯》全程强调意识引导感情以及陌生化语言的运用，主要方式也是直叙，使人物形象、作品内容、思想感情通过语言得到直观的展现。在全书的开头阶段，乔伊斯以布卢姆"吃起牲口和家禽的下水来，真是津津有味"为小说定下了基调。将其作为陌生化语言看待，更多强调整部作品一以贯之的描述风格，布卢姆的形象通过精细的生理行为描写显得夸张，但又与小说基本内容高度契合，借助这些陌生化语言尝试表达的感情，也因此始终展现在读者面前。换言之，《尤利西斯》中陌生化语言的直叙模式，实际上也正是作品风格的一种直接表现，与其说感情特点通过小说内容展示，不如说陌生化语言直叙的感情特点引导了小说发展。这也是英美文学中陌生化语言的特点之一，在非意识流小说中也屡见不鲜。

（三）感情的内在关联性

陌生化语言的基本构成原则，是表面互不相关而内里存在联系的诸种因素的对立和冲突，正是这种对立和冲突造成了"陌生化"的表象，给人以感官的刺激或情感的震动。在《尤利西斯》中，以陌生化语言制造对立、冲突，强调内在关联的情形也非常多见。如布卢姆的思想活动，他看到邻居的女仆时巴不得"追上去，跟在她那颤颤的火腿般的臀部后面走"，这一描述制造的对立是布卢姆生理功能衰退以及其对肉欲的直接追求，读者会在之后的阅读中发现这一组矛盾。感情的内在关联，则体现在玛莉恩的出轨和不检点的私生活上，前后的呼应没有通过直叙表述，而是不断通过前后出现的陌生化语言，引起读者的注意和自然而然的思索。在英美文学中，这一特点并不少见，通过一组简单矛盾引发更多的复杂矛盾，这些矛盾只存在内部关联，甚至可以与主题无关，其作用是将小说的发展逐步推向高潮，这也可以视作英美文学，尤其是意识流文学的语言特点之一。

三、英美文学陌生化语言的使用特点

（一）使用贯穿化

陌生化语言是一种语言风格，其应用往往不是单一的。在《尤利西斯》中，乔伊斯不断通过陌生化语言进行人物勾画和内容展示，这既是意识流小说的语言特点，也是英美文学的一种语言特点。如在《尤利西斯》的开头阶段，乔伊斯就运用了与常规手法不同的语言，使布卢姆作为底层市民、身体功能异常患者（隐喻）的形象显得十分饱满，所有读者都能通过"吃起牲口和家禽的下水来，真是津津有味"等描写跟随作者的"意识"思路，在脑中形成关于布卢姆吃饭的画面。后文的陌生化语言依然强调人物形象勾画，以布卢姆流汗、流涎甚至如厕等作为描述重点，全篇语言风格是统一的，主题也始终围绕"意识"和人物形象两个线索展开。从全局角度上看，英美文学陌生化语言均带有类似特点，重视一以贯之的风格约束。

（二）使用集中化

集中化使用，是《尤利西斯》中陌生化语言的使用特色之一，也是英美文学中陌生化语言的典型应用方式。值得一提的是，《尤利西斯》问世之初困难重重，美国诗人、评论家埃斯拉·庞德在作品的发表、出版方面给过乔伊斯不少帮助。但庞德并不完全赞同书中的部分语言用法，他还曾力劝乔伊斯删掉书中有关布卢姆的生理现象的那些段落，乔伊斯却坚不应允，他认为删除其会影响人物形象的刻画。在原作大部分译本中，读者依然可以看到大段大段对布卢姆的生理现象的描写，如乔伊斯所说，这些段落得到保留后，布卢姆的形象以及"意识"线索显得更加完整，没有出现散乱和交代不明的情况。

（三）使用穿插化

陌生化语言的穿插使用，在各类文学作品中均可发现，但在《尤利西斯》中体现得尤为明显。因为整部小说并不是以时间顺序进行描述的，一切行为、内容均在一天内发生，大量陌生化语言的运用，也为倒叙、穿插安排提供了帮助，使作品结构显得完整和清晰。如布卢姆看到妻子的情夫波伊兰正在向他家的方向走去，于是他脑海里闪现了一系列念头——死亡、埋葬、以尸体为食物的墓地老鼠，诸多荒诞的想象在他心灵深处流淌。这些陌生化语言的使用，带有典型的插叙特色，发生于布卢姆头脑中与现实世界平行的时间范围内，符合"意识流"的一贯特色。作为一种语言特点，《追忆似水年华》中对蛋糕的思索、《墙上的斑点》中对蜗牛的分析也带有相同的特点，它们都是穿插使用陌生化语言进行创作的。

英美文学中陌生化语言具有自身鲜明的特点，其在文学作品中的作用也十分突出，可以提升可读性、加强引导性，也能提升语言表现力。从感情特点的角度看，英美文学中陌生化语言可通过侧面描写做感情隐藏，也可以直接进行感情表达，但感情与文学内容必然存在关联。从使用特点的角度看，陌生化语言则体现出贯穿化、集中使用和层次化穿插等特色，以求全面表达文学思想和主题。

第三节　语言学视角下英美文学语言特点
——以《红字》为例

《红字》是美国浪漫主义作家霍桑的经典长篇小说，主要讲述了在北美殖民时期家庭主妇白兰与牧师梅斯代尔之间的爱情悲剧。小说《红字》中运用了很多的修辞手法进行描写，同时小说也具有自身的语言特点，使得小说表达的文化底蕴更加深厚。本节首先简单介绍了小说《红字》的主要内容，然后对《红字》中的语言特点进行了全面的分析，为英美文学作品的赏析奠定了良好的基础。

在语言学的视角下对英美文学作品进行赏析，这样能够帮助读者更加充分地了解到文化作品所表达的意义，从而揭示出小说所刻画的主题。《红字》作为一部长篇的浪漫主义爱情悲剧小说，全篇通过叙述语言、象征风格、隐喻、反讽的手法营造了小说的语言氛围，使得读者能够对文学作品有一个更加深刻的认识。

一、小说《红字》简介

小说《红字》是一部具有浪漫主义特色的英美文学作品，主要讲述了北美殖民时期一段爱情悲剧故事。在小说的开篇是以监狱牢房作为场景，女主人公白兰就在这样的背景下出现了，她怀中抱着一个婴儿，因为通奸的罪名胸口上被挂上了一个鲜红的"A"字。众人在绞刑架上对她进行了审判，但是她坚持不肯说出孩子父亲的名字，独自承受着这一切。在对女主人公白兰审判的人群中，有这样两个人与女主人公白兰存在着特殊的关系，其中一个就是婴儿的亲生父亲，也是对白兰进行道德审判的牧师梅斯代尔，极具讽刺意味；另外一个人是白兰的前夫奇林沃思，他带着仇恨的心理，只想要报复他的妻子。出狱之后的白兰带着女儿开始了贫困但是幸福的生活，但是牧师梅斯代尔在见证了对白兰的审判之后，精神开始恍惚，他同时遭到了奇林沃思的怀疑和跟踪，最终心理崩溃。白兰在与珠儿生活多年之后，逐渐受到了人们的尊重，但是梅斯代尔却因为心理压力太大，而选择了自杀。奇林沃思因为对梅斯代尔进行跟踪，复仇的心理越来越强烈，最后因为仇恨的吞噬也在一年之后死去，最后白兰带着女儿离开了这个伤心的地方，回到了波士顿。

二、英美文学语言特点分析

（一）叙述语言

在《红字》中最主要突出的语言特点就是叙述性语言，它采用叙述性的语言对整个故事的发展采用了一种慢慢讲述的方法，这样使读者能掌握整个故事的发展。在小说开头，作者霍桑就描写了女主人公白兰的出场，作为小说的开端，对女主人公白兰出场的描写就显得极为重要。白兰在出场时胸口上挂上了鲜红的"A"字，这与小说名进行了呼应，白兰的这一出场形象能够引起读者的注意，达到强调的效果，同时这样的方式也让白兰成为众人关注的对象，由此慢慢拉开了小说叙述的帷幕。在小说叙述的过程中，霍桑采用了叙述性的语言，使得读者能够很快地认识到小说中，女主人公白兰，她的前夫奇林沃思以及她的情人梅斯代尔之间的关系。在这样的叙述手法上作者也采用了很多技巧，例如在小说开篇，作者并没有用平淡的语言去叙述故事的发展，而是先对女主人公白兰的外貌特征和出场进行了描写，然后再对故事进一步的描述，在这样的描述中作者其实改变了叙述性的语言，将叙述性的语言进一步变化和修饰，这样才能让读者在阅读的过程中充分理解故事情节的发展，并且逐渐了解小说中各人物的性格特征。所以说，小说并没有将写作的重点放在描写男女主人公相识、相爱上，而是把小说中叙述的重点放在了刑场、监狱中，充分地突出了小说描写的重点。

（二）象征风格

在小说《红字》中运用象征的手法对小说的情节进行了描写，通过象征手法，能够拉近读者与小说之间的距离，同时创造出了一种读者与作品之间的审美共鸣，使作品在这种审美的感染力中不断地升华。作者在小说中通过对另一种事物的描写来表现本应该描写的事物，这就是象征手法中采用具体的意象来对抽象的事物进行描写，从而隐晦地表达出了作者的思想情感。这样运用象征手法进行描写，使小说中的描写变得隐晦、神秘，使得读者在阅读小说的过程中感受到了一种神秘的感觉。在小说《红字》中，象征性语言不仅仅表现在小说情节上，还充分地表现在了小说语言的选择上，例如，小说以《红字》进行命名，其中就有许多情节表现出了红字"A"，这样使得"A"字在小说中具有非常典型的意义。在小说中，作者用了非常多的笔墨在语言上或是在表现手法上对"A"字进行描写，多采用"深刻""刺眼"等字词，并且重复地对"A"字进行描写，加深了读者的印象，这样读者对小说中主人公的性格特点就有了更加清晰的了解。小说《红字》中有很多处将象征手法融入了叙述性的语言中，这使得小说中的人物特点和故事情节等各方面表现得更加丰富，可以更好地促进故事的发展。

（三）隐喻

在这部小说中隐喻是其中的一大语言特色，主要体现在作者应用小说中的任何事物对小说情节进行隐喻，表达了丰富的思想内涵，给读者带来了更深层次的阅读。例如，绞刑架在小说中一共出现了三次，可以说绞刑架贯穿了全书，在读者阅读的过程中给读者带来了一定的悬念。在小说第二章中绞刑架第一次出现，女主人公白兰因与人通奸而被当时的社会所不容，在绞刑架下接受了众人的审判，但是她在绞刑架下并没有显露出她怯弱的一面，而是表现出了一种坚强与勇敢，这个时候小说中的另一个主人公白兰的前夫奇林沃思出场了，他出场的主要目的是要复仇，在这段描写中充分地体现了奇林沃思这个人物的性格特征。绞刑架的第二次出现是在小说的高潮部分，女主人公白兰帮助梅斯代尔站在了绞刑架上，他进行了深刻的自我反省，同时也得到了女儿珠儿的认可。在小说中绞刑架第三次出现是在小说的结尾部分，最后通过对绞刑架的描写，进行了前后呼应，宣示了主人公的命运。

"A"字在这篇小说中最具有典型的意象，暗含了隐喻意义，小说以监狱的场地开场，女主人公白兰怀抱着婴儿，胸前挂着耻辱的"A"字，在众人的审判下仍然拒绝说出爱人的名字，选择独自承受这种批判。在女主人公白兰出狱之后，胸前仍然挂着红字"A"，她自己却能够非常坦然地面对。在小说中作者说明了在这个社会上如果到处揭穿实情的话，还会有更多的现实会被揭露出来，作者用这种手法表达了对当时社会的讽刺。

在小说《红字》中森林这一形象极具讽刺的意味，现实生活中的森林表现出来的是光明的象征，而在小说《红字》中森林是无知的象征，在小说《红字》中的森林呈现出来的状态是与现实社会截然相反的。在小说中作者呈现出来的是一个很寻常的森林，在本质上并没有什么特别之处，但是森林自身又呈现出来比较神秘的感觉。作者就是运用这样一个神秘的森林与现实社会形成了对照，突显出了小说中各人物的性格特征和形象特点。森林代表着绿色、鲜活的生命，而小说中的女主人公白兰就是在这样一个具有生命活力的地方接受人们的审判，极具讽刺意味。

（四）反讽

在英美文学作品中，反讽是小说的主要语言特点，讽刺主要是用与陈述事实相反或是无关的语言去对读者传达小说作品的内容和思想，以此达到披露现实的目的，表现了小说作品内在的深刻思想。在小说《红字》中，作品本身在就具有一定的反讽意义，女主人公白兰本性纯正善良，却站在绞刑架下接受众人的审判，小说中更加讽刺的是与女主人公通奸的是在当时社会中极力宣扬道德的牧师。这样作者在小说《红字》中充分运用了反讽的手法，将当时社会上的家庭主妇白兰和牧师梅斯代尔进行了结合，以他们之间产生的婚外情对当时社会扼杀人性和爱情的清教徒进行讽刺，同时在这种描写手法中也讽刺了当时社会中的伦理道德，批判了清教徒的伪善。这种反讽的手法在小说情节中进行了大量的运用，将读者原本的期待和小说描写的现实进行了对比，从而造成了读者的心理落差，这样就强化了反讽的意味。

总的来说，在小说《红字》的语言视角下全面表现了英美文化作品的语言特点，本节以小说《红字》为例对这些语言特点进行了全面的分析，并且做出了相应的评论，这样能够让读者对英美文学作品进行充分的了解。小说《红字》的描写在整体上比较压抑，于是女主人公白兰身上表现出来的坚强、敢于反抗的精神成为整篇小说中的亮点，同时作者在小说的语言描写上也是极具特色的。读者通过对小说《红字》语言特点的赏析，在全面的视角下了解到了文学作品的风格，深刻地解读了英美文学作品，促进了对英美文学作品的赏析和研究。

第四节　语料库在英美文学教学中的辅助应用 ——分析《哈克贝利·费恩历险记》的语言特点

语料库语言学是 20 世纪 50 年代后期发展起来的新兴学科，在外语教学和语言研究界，自建小型语料库已经成为一个热门话题并孕育着十分广阔的应用前景。研究表明，在英美文学教学中，小型文学语料库的构建与利用是进行教学方法改革与教学手段改进的有效途径之一。在此基于小型语料库，分析《哈克贝利·费恩历险记》的语言特点，以实例解读作者在该代表作中对黑人英语的突破性使用。

一、英美文学教学的困境

英美文学课程作为英语语言文学专业的核心课程，长期以来都是多所高校英语专业的传统必修课程，然而英美文学的课堂教学并未摆脱其困境，一直都存在不足。首先表现为时间的限制，本科院校英美文学科的课时一般为每周 2 学时。在这样有限的时间内，教学重点难以取舍。其次是教学内容的老化和固化，即过于偏重文学史的输入，强调学生对于史料的记忆能力，缺乏对文学作品本身的鉴赏；同时为应试而讲解理论，学生难以消化。再就是教学模式的单一，长期以来国内英语专业文学课教学方法一直以"填鸭式"为主，使得本来应是令人感兴趣的课程变得索然无味。不少教师和学者都就如何摆脱这一困境，如何改进教学模式、修正教学内容发表过自己的看法。但是除少量的论文外，极少有人关注语料库在英美文学教学中的应用。

二、语料库与英语教学

自 20 世纪 60 年代第一个可用计算机处理的语料库建立以来，现已有十几种大型语料库可供使用，如美国布朗大学语料库、英国国家语料库及柯林斯伯明翰大学国际语料库都是储存词汇在一亿以上的大型英语语料库。由于语料库收集了大量人们实际使用的语言，出于不同的研究和应用目的，可建立不同的英语语料库。语料库经过实际观察和分析所得出的数据显然更加准确、更为科学，因而对外语教学极其重要。结合我国语料库研究和外语教学的实际，语料库语言学在英语教育教学中的应用可分为三个方面：①语料库与教学资源；②语料库与课堂教学；③语料库与教学研究。而第二点是其中最为关键也最具实用性的部分。李文中曾总结语料库索引在外语教学和学习中的应用及意义包括三个方面，跟教学最为密切的是基于语料库索引的数据驱动学习（DDL）。他提到了实现这一点的手段之一是利用索引进行课堂实时演示，通过教师的参与和指导进行语言学习，这是一种灵活开放、探索性强的方法。

三、《哈克贝利·费恩历险记》的语料设计与课堂分析

（一）语料库与教学设计

语料库实际上就是语言材料的仓库，是存放在计算机里的原始语料文本或经过加工后带有语言学信息标注的文本。在日常教学中可自建小型语料库，无论是英语单语语料库或英汉平行语料库，都可借助网上已有的语料，以及免费语料库检索软件进行构建。授课教师可根据教学计划，自行选定语料范围，再经由网络搜索选择可供计算机处理和读取的文本节件，稍做加工即可做成一个简单的可供检索的原始语料库。当然，英美文学方面的语料库也可从部分大型语料库中单独下载，再进行整合组建。若将这些语料进行词性、语法、语音、语义或语用标记就可以形成附码语料库。若只是一般的教学活动，使用原始语料库即可。自建的英美文学语料库主要用于文学的课堂教学，具有很强的目的性，因而其语料内容相对来说比较固定单一，主要是选择英美文学史上极具代表性的作家作品，并可根据教学安排进行组合，如讲解文学类型或者文体学时，可从自建语料库中拆分出诗歌、小说、散文等子库。笔者拟结合传统的教学方式，选择马克·吐温的《哈克贝利·费恩历险记》及其另一部小说《汤姆·索亚历险记》进行简单的语料处理。而在实际教学过程中，教师设定步骤与任务如下：①课前确定《哈克贝利·费恩历险记》中的研究主题；②指导学生掌握基本的语料库使用方法，可在电脑上进行检索或查询等操作，以便参与课堂活动；③设计基于语料库的课堂活动，引导学生独立地寻找问题答案并参与课堂讨论。

（二）教学设计

文学是语言的艺术，马克·吐温在语言艺术上最大特点是运用了口语体和

方言进行写作，继承了西部口语传统。在《哈克贝利·费恩历险记》一书中，马克·吐温运用了三种方言、四种口音，分别为：密苏里的黑人方言、西南部边疆地带的方言、派克县的普通方言及其四个变种。虽然他不是第一个用口语体及方言进行创作的，但他是第一个成功运用口语体进行写作，而且使口语体起到过去笔语体能起到的一切作用的作家，从而大大加强了他小说的真实感，为作品增加了风趣活泼的幽默色彩，开创了非标准英语作为文学语言的先河。

1.《哈克贝利·费恩历险记》语料分析

马克·吐温在小说主体部分之前的"说明"清楚地表明了自己作品中对方言的运用是为了幽默效果。吉姆的语言主要是以语音的形式记录下来的，读者可以通过自己的朗读来得出吉姆在说些什么，而阅读则不能达到这一点。小说中的方言与规范英语有较大的差别。乍看起来，它们似乎杂乱无章，难以捉摸。可是，用同样的方式进行语境再现就不难发现它们的部分规律：①名词无单复数的变化；②动词缺乏屈折变化，甚至使用不规则的过去式和过去分词；③动词否定形式较为特殊；④较大一部分单词使用了特殊的拼写形式，即所谓的视觉方言。马克·吐温在文中使用大量的方言，在作为一个移民国家的美国，是极富开创性的，表达了各族人希望听到本族的声音的心声。在马克·吐温的作品中，非主流种族的声音在吉姆的身上有了一定的体现。这表明了美国文学中多元化并存的现象，所以既有着种族的特殊性，也有着整个国家多种族在磨合过程中各种声音的共同性。

此课堂活动设计的目的在于使学生专注于对《哈克贝利·费恩历险记》一书中语言特点的赏析，自然地理解文本的特征。这种语料库语境共现的优点在于集中、大量地把文章特点呈现给学生，使他们可以快速地找出规律，从而较好地理解黑人英语和方言在《哈克贝利·费恩历险记》中的表现形式，掌握分析的方法。另外，教师把语料和设计的问题直接交给学生，可以避免教师主导课堂，而让学生主动学习、参与思考和讨论，活跃课堂气氛。同时，由于使用可靠充分的实例来评论著作语言特点，而不是凭教材上只言片语的总结，学生的印象将更加深刻。

2.《哈克贝利·费恩历险记》与《汤姆·索亚历险记》语料对比分析

再要求学生按照上述方法对《汤姆·索亚历险记》进行检索得出单词表，从关键词列表中仅找出属于非标准英语的两个单词。

可见，这为数不多的非标准用语在《汤姆·索亚历险记》中也使用得非常审慎。再对比前文中《哈克贝利·费恩历险记》一书中所出现的大量使用非标准英语的情况，足见两部小说虽然同为马克·吐温的儿童文学作品，内容上存在某些共同点，在角色上也类似，但语言上却存在极大的差异。从出版时间上来看，它们都是在马克·吐温创作的鼎盛时期完成的。《汤姆·索亚历险记》于 1876 年出版，《哈克贝利·费恩历险记》于 1884 年出版，从时间和内容上来说，《哈克贝利·费恩历险记》是《汤姆·索亚历险记》一书的延续。但是二者的主题完全不同，《汤姆·索亚历险记》是一部真正意义上的纯儿童小说，没有很深的寓意以及道德说教，因而语言也是简单标准的英语。但《哈克贝利·费恩历险记》一书有着鲜明的主题，就是反对蓄奴制，文章与前者截然不同地使用了第一人称，通过"我（哈克贝利）"的视角进行叙述，展示当时美国的全景以及作者的主张，在讲述时运用大量的黑人英语和方言是作者现实主义写作的体现，令人耳目一新。《哈克贝利·费恩历险记》一书是马克·吐温在语言使用上的突破，在美国文学史上是一次创举，正如海明威所评价的："它是我们至今所有的书中最好的作品，现代所有美国文学作品都起源于这部书。以前没有，今后也不会有任何作品会像它一样优秀。"

学生在对《哈克贝利·费恩历险记》或《汤姆·索亚历险记》单独进行文本泛读或者精读时不一定发现其异同，而通过对语料的对比检索分析可客观地展现这些特点，这既能体现马克·吐温写作的变化轨迹，也能更加深刻地理解《哈克贝利·费恩历险记》一书的本质和主旨。

从实践来看，自建小型英美文学语料库由于其目标明确、语料更新自由方便、检索快捷灵活而适合英美文学的课堂教学。由于其能充分揭示语言生态，通过真实的自然语料，结合计算机的统计和人工定量、定性分析，揭示典型的语言特征，发现文本语言的实际规律，避免了对作品语言判断和描述的任意性和不可靠性，从而为英美文学的教学研究提供客观、可靠的依据。这样不仅有助于实现语言学习所需的可理解性输入，便于学生将课堂内容内化，也有助于其实践研究中分析能力的形成。

参考文献

[1] 胡文仲. 跨文化交际与英语学习 [M]. 上海：上海译文出版社，1988.

[2] 冯翠华. 英语修辞大全 [M]. 北京：外语教学与研究出版社，1995.

[3] 卢炳群. 英汉辞格比较与唐诗英译散论 [M]. 青岛：青岛出版社，2003.

[4] 李冀宏. 英语常用修辞入门 [M]. 北京：世界图书出版公司，2000.

[5] 管英杰. 探究英语文学中的语言艺术 [J]. 郧阳师范高等专科学校学报，2016，36（04）：61-63.

[6] 刘岩，张一凡. 英语文学中的语言艺术研究 [J]. 才智，2016（08）：124.

[7] 金文宁. 英语文学阅读教学中的导向原则 [J]. 文学教育（上），2014（06）：70-73.

[8] 路清明，强琛. 英语文学作品中比喻修辞格赏析 [J]. 石家庄职业技术学院学报，2005（05）：85-86.

[9] 邓李肇. 英语文学作品中幽默修辞的欣赏及其功能分析 [J]. 双语学习，2007（10）：216-217.

参 考 文 献

[1] 梁玉梅 等. 城市规划及设计. 北京: 中国建筑工业出版社, 1983.

[2] 同济大学. 城市规划原理. 北京: 中国建筑工业出版社, 1995.

[3] 李德华. 城市规划原理. 北京: 中国建筑工业出版社, 2011.

[4] 吴志强. 城市规划原理. 北京: 中国建筑工业出版社, 2010.